La bruja azul

Las brujas de Orkney
Volumen uno:

LA BRUJA AZUL

Alane Adams

Publicado por SparkPress, sello de BookSparks,
división de SparkPoint Studio, LLC
Tempe, Arizona, USA, 85281
www.gosparkpress.com

Publicado en 2021
Impreso en los Estados Unidos de América
ISBN: 978-1-68463-069-1 (edición impresa)
ISBN: 978-1-68463-070-7 (libro electrónico)

Número de control de la Biblioteca del Congreso: 2020903376

Ilustraciones de Jonathan Stroh
Diseño interior de Marta Vega

Para Maddux

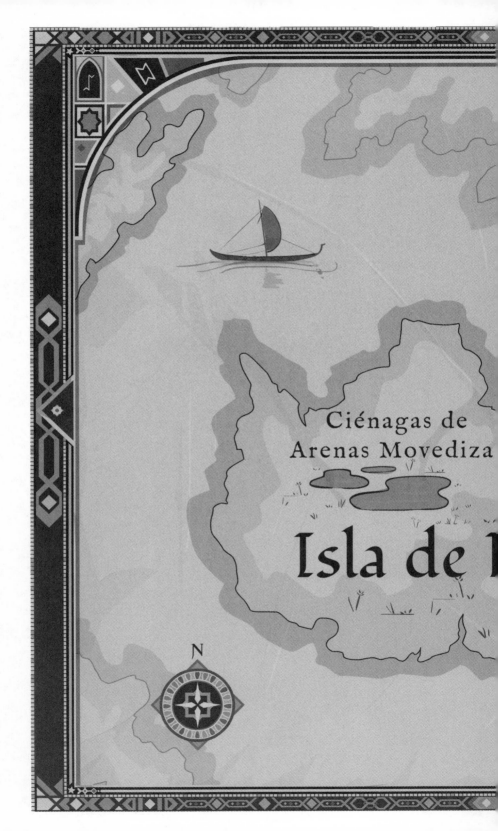

Ciénagas de
Arenas Movediza

Isla de I

N

Nido de Omera

Jadewick

Fortaleza Tarkana

Marismas

four

Orkney

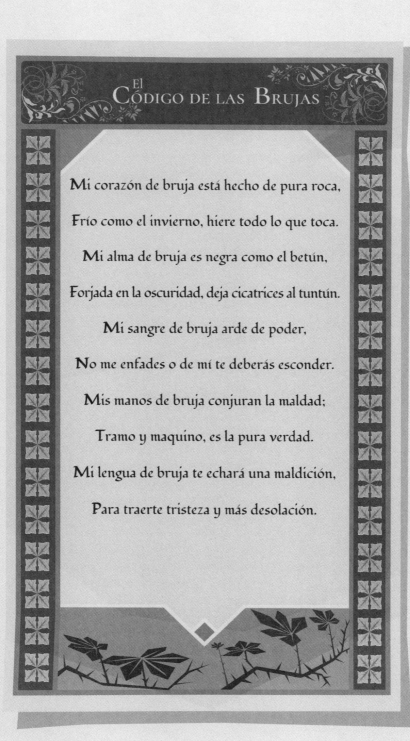

El
CÓDIGO DE LAS BRUJAS

Mi corazón de bruja está hecho de pura roca,

Frío como el invierno, hiere todo lo que toca.

Mi alma de bruja es negra como el betún,

Forjada en la oscuridad, deja cicatrices al tuntún.

Mi sangre de bruja arde de poder,

No me enfades o de mí te deberás esconder.

Mis manos de bruja conjuran la maldad;

Tramo y maquino, es la pura verdad.

Mi lengua de bruja te echará una maldición,

Para traerte tristeza y más desolación.

Prólogo

Los dos jinetes se apresuraban a través del bosque envueltos en neblina y rodeados de musgo colgante. Odín, el dios más poderoso de todo Asgard, instaba a su corcel Sleipnir a seguir galopando. Las ocho patas de Sleipnir golpeaban el suelo con fuerza y sonaban somo si fuera el redoble de un tambor. El viento azotaba a Odín y a la mujer que lo agarraba por la cintura.

Vor, la Diosa de la Sabiduría, le dijo a Odín al oído:

—Date prisa —le insistió—. Sleipnir no puede ver.

Vor susurró una retahíla de palabras y las nubes que había sobre ellos se desvanecieron, permitiendo que la luna llena iluminara el camino. Odín arreó a Sleipnir chasqueando la lengua hasta que el estruendo de las pezuñas se volvió ensordecedor.

Un rayo cegador de luz verde los guio hasta un claro donde flotaba una nube de humo acre.

—Llegamos demasiado tarde —dijo Odín.

Una mujer de cabello negro, vestida con una pesada capa, yacía en el suelo con los brazos y las piernas extendidos. Odín se percató de las quemaduras y de las profundas marcas de garras que habían estropeado los árboles. Allí había habido una batalla.

Odín ayudó a Vor a bajar del caballo. El cabello rubio claro de la vidente le caía como una cortina por la espalda. Sus ojos ciegos eran blancos como la leche, aunque veía mucho más que cualquier otro ser en Asgard.

Se arrodilló al lado de la mujer y, tras comprobar si había alguna señal de vida, negó con la cabeza.

Se oyó el lamento de un bebé.

Odín busco la fuente del sonido y separó una hilera de arbustos. Colocado en el interior de un tronco hueco, descansaba un bebé envuelto en una mantita. Una burbuja reluciente de energía lo envolvía. Movió la mano para deshacer el campo protector y lo cogió: era una niña.

El bebé se agitó y estiró el brazo para agarrarle la barba a Odín. Suavemente, este le apartó los deditos y la sostuvo en alto.

—¿Y bien?

Vor puso una mano en la cabeza del bebé y asintió.

—Este es el bebé que vi en mi visión.

Un gran peso se posó sobre Odín mientras acunaba al bebé.

Y así es como empieza todo.

—No puede quedarse con nosotros —dijo Vor dulcemente—. Cuando el resto de los dioses descubran qué es, la desterrarán.

Vor tenía razón. Las brujas eran las criaturas más detestadas de los nueve reinos de Odín. Tiempo atrás, un antiguo brujo llamado Rubicus maldijo al sol y estuvo a punto de destruir a todo ser viviente. Su hija, Catriona, continuó con su venganza y llevó a cabo varias guerras contra los hombres hasta que Odín no tuvo otra opción que despojar de magia al mundo de los hombres para siempre.

El benévolo rey de Orkney, Hermodan, ofreció parte de su reino como santuario, unas cuantas islas que Odín pudo elevar de la tierra y llevar al Noveno Reino. Toda criatura, palo y piedra mágica se fue con ellas, incluidas las brujas. Odín podría haber dejado a las brujas en la Tierra para que perdieran sus poderes para siempre, pero Hermodan creía que aún podían albergar algo bueno en su interior.

Odín le sonrió al bebé, que se le había quedado dormida en los brazos. Un suave pelo negro le cubría la cabeza.

Pobrecilla. Es demasiado joven para haber sufrido una pérdida tan grande.

Miró a Vor y se decidió:

—La voy a enviar a la Guardería Tarkana. Es una de ellas y se ocuparán de su educación.

Vor hizo una mueca.

—La convertirán en bruja.

—Ya es una bruja.

—Lo que quiero decir es que la convertirán en una de ellas, antipática y sin corazón.

El bebé abrió los ojos y le ofreció a Odín una sonrisa adormilada. Los ojos esmeralda lo miraban fijamente; en el centro de las pupilas había una chispa, como una estrella brillante. En su interior, Odín sintió cierta esperanza.

—Quizá sea ella la que cambie a las brujas —dijo.

A Vor se le suavizaron las facciones.

—Solo el tiempo lo dirá. ¿Quién se la llevará? Las brujas te desprecian, no la cargues con eso.

Odín silbó suavemente y una pequeña figura de pelaje verde apareció entre los árboles. Tenía las orejas largas y caídas, los ojos en forma de almendra y unas extremidades larguiruchas. Salió corriendo al claro e hizo una reverencia pronunciada.

—¿Sí, su Majestad?

Odín colocó el bebé en los brazos peludos de la criatura.

—Fetch, te confío esta niña. Llévala a la Guardería Tarkana y déjala con una bruja llamada Vieja Nan. En su frío corazón habita la dulzura.

Fetch asintió e hizo otra reverencia antes de irse corriendo con el bebé.

—¿Crees que estará a salvo? —preguntó Vor.

Odín vio cómo se alejaban y sintió una punzada de dolor.

—La profecía ha comenzado. Hasta que se haya completado, todos corremos un grave peligro.

Capítulo 1

Abigail se dirigió hacia las puertas de hierro de la Fortaleza Tarkana, con la barbilla bien alta. No pensaba llorar, hoy no, aunque la Vieja Nan le había apretado tanto las trenzas que le dolía el cuero cabelludo.

La Guardería ya no era su hogar.

A las otras chicas las mimaban unas madres orgullosas mientras recogían sus cosas y se probaban uniformes nuevos recién planchados.

Abigail estaba sentada en su cama, esperando tranquila. Francamente, no le molestaba no tener madre. Para una bruja no era muy útil.

A las brujizas —aprendizas de bruja— recién nacidas las dejaban en la Guardería para que las educaran brujas menores como la Vieja Nan. Las madres las visitaban tres veces al año: una en el Día del Ascenso, otra vez el día del cumpleaños de las niñas y había una visita especial el día de Navidad, cuando les llevaban un pequeño regalo y bebían cacao con canela junto al fuego. En esas fechas, Abigail se escondía entre las sombras y observaba cómo las demás brujizas irradiaban felicidad por la atención de aquellas criaturas extrañas y poderosas.

Cuando tenían nueve años, a las brujizas se las enviaba a la famosa Academia Tarkana para Brujas, en el interior de la fortaleza amurallada del aquelarre, para que las instruyeran en el arte de la hechicería.

Se detuvo en la puerta con la pequeña maleta agarrada con una mano. Unas nubes sombrías se habían amontonado por encima de su cabeza. El nuevo uniforme le picaba en la garganta y se tiró del cuello de la camisa.

Solo tenía que dar dos pasos y habría cruzado las puertas para empezar su transformación en una gran bruja.

Intentó dar un paso al frente, pero el pie no se movió, el muy tozudo.

Un par de chicas la adelantaron con rapidez; casi cruzaron las puertas volando.

Mirándose los pies con enfado, Abigail susurró:

—No seas pavisosa, va. Hoy es un nuevo comienzo.

Levantó el pie, que quedó suspendido en el aire como una varita de zahorí, pero antes de que pudiera dar un paso, alguien la empujó y cayó al suelo.

—¡Quita de ahí en medio! —gritó una brujiza de cara rechoncha. La acompañaba una chica larguirucha.

Glorian y Nelly. Las dos formaban parte de un trío de chicas que iban siempre pegadas como la savia en verano. Lo que significaba...

Exacto.

Detrás de ellas, una chica andaba como flotando con la nariz levantada como si fuera de la realeza. Endera. La brujiza más horrible de todo el aquelarre de Tarkana.

Endera se detuvo para sonreír dulcemente a Abigail.

—Eres patosa como un trasgo ciego.

Las otras chicas rieron y el trío continuó andando y cruzó las puertas.

Abigail empezó a quitarse las piedrecitas de las medias rotas, conteniendo las lágrimas. En el pasado Endera y ella habían sido amigas, pero algo había cambiado. Ahora Endera trataba a Abigail como si fuera poco más que polvo de gusano.

Abigail se incorporó, cogió la maleta y se dirigió hacia las puertas renqueando, cuando un rugido ensordecedor hizo que se le erizara el pelo de la nuca.

Miró hacia un lado y atisbó algo que se movía entre los arbustos. Algo grande y peludo. Solamente pudo ver un par de ojos que la observaban, unos ojos oscuros que brillaban con malicia.

Se le secó la boca. No se podía mover. Si daba otro paso, estaba segura de que la cosa se le abalanzaría.

Entonces, una mujer severa con la barbilla puntiaguda apareció en la puerta y le hizo una señal con sus largos dedos para que se le acercara.

—Circula, niña, o te quedarás fuera hasta el próximo año.

La cosa entre los arbustos se retiró silenciosamente y Abigail pudo respirar de nuevo. Con rapidez, atravesó las puertas.

Una multitud de brujizas que parloteaban, todas con su maletita, se hallaba reunida en el patio que había delante del imponente edificio gris, donde había una lápida con una inscripción que decía GRAN SALÓN. Al otro lado del patio, un jardín descuidado invitaba a la exploración. Había varios senderos indicados con piedrecitas alineadas que serpenteaban entre zarzas y árboles.

Junto al Gran Salón, una señal de bronce anunciaba la Academia Tarkana, un laberinto de edificios bajos con pasillos abovedados llenos de aulas. Las brujizas mayores se asomaban por las puertas abiertas, susurrando y observando a las chicas nuevas.

La bruja seria y severa que había invitado a Abigail a entrar subió los escalones del Gran Salón. En lo más alto se dio la vuelta y las miró lentamente una a una. El silencio se extendió mientras las chicas esperaban a que hablara.

—Bienvenidas, alumnas de primer año. Soy Madame Vex, la directora. No os equivoquéis, esto no es la Guardería. Aquí no os va a mimar nadie. Hemos reunido a las mejores profesoras para que os enseñen el arte de la hechicería. Hacedlo bien y avanzaréis. No lo hagáis y seréis enviadas de vuelta a la Guardería.

Posó la mirada en Abigail un buen rato.

Abigail tragó saliva mientras Madame Vex continuaba.

—La aprendiza con las notas más altas el día de Navidad será nombrada Brujiza Principal de su clase, un gran honor con el que yo misma fui galardonada. Ahora, antes de que conozcáis a vuestras profesoras, repasemos las normas. Norma número uno: no se puede correr, nunca. Es impropio de una bruja. Norma número dos: está prohibido ir a las marismas que hay fuera de los muros sin permiso. Una chica desorientada podría perderse, o algo peor. Norma número tres: no está permitido bajar a las mazmorras. Llevan cientos de años cerradas y están infestadas de rátalos hambrientos.

Se hizo a un lado. Detrás de ella, cuatro brujas de edades diferentes salieron de entre las sombras del Gran Salón.

Madame Vex alargó el brazo.

—Madame Barbosa os instruirá en ABC, Animales, Bestias y Criaturas.

Madame Barbosa vestía una túnica suelta de rayas multicolores. Tenía una mirada felina, los pómulos altos y los ojos rasgados. Cogió la falda por los lados y se inclinó para hacer una pequeña reverencia.

Madame Vex continuó con una mujer de rostro huesudo sin un ápice de alegría.

—Madame Arisa será vuestra profesora de Encantamientos Espectaculares.

Madame Arisa saludó con un resoplido, chasqueó los dedos y desapareció en una nube de humo violáceo.

Todas las brujizas se quedaron boquiabiertas.

A continuación, le tocó a una bruja regordeta con un mechón blanco que le recorría la melena negra.

—Madame Radisha os enseñará Pociones Potencialmente Potentes —anunció Madame Vex.

—Bienvenidas, aprendices, bienvenidas. —Madame Radisha movió las manos en el aire. Tenía los dedos cubiertos de anillos con gemas resplandecientes.

La última era una vieja bruja arrugada y encorvada casi por completo. Reposaba las manos nudosas en un artilugio de cuatro patas decorado con los huesos ensartados de pequeños animales.

—Nuestra profesora de mayor edad, Madame Greef, impartirá Historia de la Brujería.

La vieja bruja saludó con la cabeza y enseñó unas encías negras y una sonrisa sin dientes.

La directora volvió a mirar a las chicas y dio unas palmadas.

—Poneos en parejas y encontrad una compañera para compartir habitación. Madame Radisha os acompañará a los dormitorios. Tenéis una hora para deshacer las maletas y reuniros en el Comedor.

—Deprisa chicas, buscad una pareja —gorjeó Madame Radisha.

Las brujizas se mezclaron y formaron parejas cogiéndose del brazo. Abigail buscaba una cara amistosa. Miró a Minxie, una chica bizca que a veces comía con ella cuando estaban en la Guardería.

Abigail movió el brazo y Minxie empezó a levantar la mano, pero Endera se puso entre las dos y empujó a Minxie hacia otra aprendiz.

Abigail dejó caer la mano. El patio se fue vaciando hasta que solo quedó ella.

Madame Radisha le puso una mano en el hombro.

—Qué suerte tienes, la chica que se queda sin pareja se queda con el desván —dijo animadamente—. Es perfecto para una persona y no tendrás que compartirlo.

Acompañó a Abigail hacia la torre de los dormitorios, un edificio alto y redondo con anillos de hiedra que envolvían la piedra gris.

Se inclinaron para pasar por una puerta baja y entraron en el salón principal. Cientos de estantes a rebosar de libros gruesos forraban las paredes. Un par de chicas mayores ocupaban unos sofás; estaban estudiando. En el centro de la sala, unas escaleras de caracol estrechas llevaban a las plantas superiores.

—En lo más alto de las escaleras, querida, no tiene pérdida.

—Madame Radisha le dio a Abigail un suave empujoncito.

Abigail arrastró su maleta planta a planta, ignorando a las chicas que reían y que corrían de habitación en habitación gritando «¡me la pido!».

Arriba del todo, empujó una puertecilla estrecha y la abrió. La habitación estaba llena de polvo y telas de araña. Había una cama pequeña con estructura de hierro, un escritorio desvencijado y un juego de sábanas.

Puso la maleta en el suelo y empezó a vaciarla, pensando en aquella bestia de los arbustos. Podía ser un Shun Kara; los temibles lobos negros deambulaban por los bosques de la isla de Balfour.

Afortunadamente, estaba a salvo dentro de las paredes de la Fortaleza Tarkana. Nada podía alcanzarla allí dentro.

Capítulo 2

Abigail removía las gachas de su cuenco con tristeza. Ya habían pasado dos semanas del inicio de curso y aún no había hecho ninguna amiga. Era como si tuviera alguna enfermedad contagiosa. Si una brujiza miraba siquiera hacia Abigail, Endera encontraba la manera de asustarla.

Una sombra apareció sobre ella. Miró hacia arriba con una sonrisa esperanzada y dejó de sonreír.

—Ese es mi sitio —dijo Endera.

—Es verdad. Es su sitio, así que lárgate —dijo Glorian.

—Si no, te arrancaré los ojos —añadió Nelly, moviendo los dedos huesudos de uñas afiladas.

Abigail miró a su alrededor, en el comedor. Había dos mesas vacías más.

—Hay espacio de sobra, Endera.

—Eso da lo mismo. Estás sentada en mi sitio.

Abigail suspiró. Podía enzarzarse y discutir o podía cambiarse de sitio. Se levantó, cogió su bandeja y se dirigió hacia una mesa vacía, pero Endera le hizo la zancadilla. Abigail tropezó y aterrizó de cara sobre el bol de gachas.

La embargó una ira tan intensa que se notaba unos extraños hormigueos de energía hasta las puntas de los dedos de las manos y de los pies. Las otras chicas se reían mientras se ponía en pie. Tenía trocitos pegajosos de avena por toda la cara.

Endera abrió la boca, probablemente para decirle que era tan torpe como un trasgo.

Sin pensárselo dos veces, Abigail agarró el vaso de leche de la bandeja de Endera y se lo vació en la cabeza. El líquido blanco le goteaba por el cabello y por la cara, y le dejó el vestido empapado.

—Te voy a destrozar —juró Endera.

Abigail hizo lo único sensato que podía hacer: se echó a correr.

Abrió de golpe la puerta que daba al patio y se precipitó hacia el primer sendero que vio en el jardín. Corría tan deprisa que las trenzas volaban tras ella.

Estaba rompiendo una de las normas más importantes de Madame Vex, no correr, pero no se atrevió a reducir la velocidad. Recorrió el camino circular que daba a la parte trasera del jardín y frenó de golpe.

Endera estaba ahí de pie, bloqueándole el camino. Le caían unos mechones mojados de pelo sobre los ojos mientras miraba a Abigail. Sus dos compinches estaban a su lado. Glorian se crujió los nudillos fuertemente, mientras Nelly movía las uñas afiladas.

Abigail dio un paso atrás.

—Estamos en paz, Endera. Así que déjame.

—¿Quién me va a obligar? ¿Tú? —se rio Endera. Nelly y Glorian se le unieron, carcajeándose como un par de trasgos.

Antes de que Abigail pudiera huir, Nelly la agarró y le retorció los brazos por detrás de la espalda.

—Lánzale una de tus ráfagas de fuego de bruja —la instó.

—Sí, chamúscale una de esas trenzas de las que está tan orgullosa —añadió Glorian, que ya le estaba levantando una trenza a Abigail.

—Pero ¿yo qué te he hecho? —gritó Abigail, forcejeando para liberarse—. Éramos amigas.

Endera la miró con desprecio.

—¿Amigas? Me compadecí de una brujiza sin madre a la que nadie visitaba. —Movió las manos dibujando un círculo y se preparó para atacar a Abigail cuando se oyó una voz extraña.

—¡Parad!

Las brujizas se quedaron quietas.

La voz provenía de uno de los imponentes bayespinos que crecían al otro lado de los muros y que separaban la Fortaleza Tarkana de las marismas. De las gruesas ramas colgaban racimos de frutos rojos.

Abigail usó una mano como visera para ver quién era. Un chico colgaba de una de las ramas. Era esbelto, tenía una mata de pelo color arena y llevaba gafas.

Endera movió las manos hacia delante y agitó los dedos. Un rayo de fuego verde salió disparado hacia el árbol. El chico gritó y se soltó de la rama; agitando los brazos, cayó desplomado a los pies de Abigail.

Capítulo 3

Qué mal.

Hugo se puso de pie y escupió trocitos de hierba.

Si hubiera tenido la boca cerrada, no se encontraría en medio de una guerra entre brujas.

—¿Quién eres? —preguntó la líder de las abusonas.

Él se limpió las palmas de las manos en los pantalones y se colocó bien las gafas.

—Me llamo Hugo Suppermill. Te ordeno que dejes en paz a esta chica o te atengas a las consecuencias.

La brujiza lo miró con desdén.

—No eres más que un chico balfin del pueblo. No puedes estar dentro de los terrenos de Tarkana, así que piérdete antes de que te arranque las orejas.

—Hazlo, va —la instó en voz baja la brujiza que tenía al lado—. Puedo con los dos.

A Hugo le gustaban sus orejas, pero se negaba a que lo creyeran un cobarde. Metió la mano en el bolsillo y sacó el medallón que había cogido del abrigo de su hermano Emenor aquella misma mañana.

El disco de sílex pulido colgaba de una cadena de plata y tenía tallados unos símbolos extraños. Emenor decía que una brujiza se lo había dado y que lo había llenado de magia.

Como aprendiz de científico, Hugo era escéptico y no creía en la existencia de la magia. Había oído historias sobre brujas, por supuesto, pero nunca había visto magia de cerca. Sin embargo, desde que Hugo se burlara de las afirmaciones de Emenor, habían sucedido cosas extrañas.

Como cuando fue a entregar sus deberes de matemáticas al día siguiente y las columnas de números escritas cuidadosamente a lápiz habían desaparecido. Era como si una goma invisible las hubiera borrado. Intentó escribir las respuestas con tinta, pero sucedió lo mismo.

Ahora, Hugo estaba suspendiendo matemáticas gracias a los trucos de Emenor. Pero, en lugar de estar enfadado, estaba fascinado.

Se había aficionado a subir al bayespino para ver a las brujizas practicar hechizos y a escribirlo todo en su diario de bolsillo. Algún día entendería cómo funcionaba la magia.

Cogió la cadena y balanceó el disco de un lado a otro. Emenor no le había dicho cómo funcionaba exactamente. ¿Dispararía magia?

El trío de abusonas dio un paso atrás, parecían indecisas. Pero no pasó nada y una sonrisa apareció en sus rostros.

—Acribilladlo —dijo la líder. Las tres brujizas levantaron las manos, dibujaron un círculo y murmuraron algunas palabras.

Palabras. ¡Eso era! Tenía que decir un hechizo. ¿Pero cuál? Hugo intentó recordar sus notas.

—Cuando quieras —murmuró la brujiza que estaba a su lado.

Él dijo lo primero que le vino a la cabeza:

—¡*Fein kinter, ventimus!*

Una sacudida le recorrió el brazo cuando, de la nada, salió un fuerte viento y el trío de brujizas se echó a gritar mientras la gravilla punzante les golpeaba en la cara. Hugo se quedó mirando, sorprendido de que hubiera funcionado.

La aprendiz que tenía al lado lo cogió de la mano y gritó:

—¡Vamos!

Lo arrastró a través de la verja que llevaba a las marismas. Detrás de ellos se oían gritos, ya que las otras tres los perseguían. Hugo se guardó el medallón en el bolsillo y echó a correr, intentando mantener el ritmo de la aprendiz. Corría como si un lobo Shun Kara le pisara los talones.

Al cabo de unos minutos, los gritos de sus perseguidoras disminuyeron y la aprendiz se detuvo.

—Ya basta —jadeó—. No puedo correr más.

Hugo se puso las manos en las rodillas; el pecho se le movía pesadamente y trataba de recobrar el aliento.

Hacía tiempo que no había bayespinos allí; habían sido reemplazados por un dosel de ramas nudosas y un suelo pantanoso. Verdugos de alas negras volaban sobre sus cabezas, bajando en picado y girando para cazar ratones.

—¿Estás loco? —dijo la brujiza, girándose para gritarle—. Has usado magia contra una bruja. ¡Podría haberte hecho añicos!

Hugo se limpió las gafas con calma y se las volvió a poner.

—Tienes razón. Mi hermano, Emenor, dice que la curiosidad puede matar al gato y creo que empiezo a entenderlo.

Ella lo miró boquiabierta durante un momento y después se cruzó de brazos.

—¿Siempre eres tan sincero?

Él asintió.

—No puedo evitarlo. Soy científico… o, por lo menos, espero serlo algún día.

—Bueno, Hugo Suppermill, me llamo Abigail Tarkana y estamos perdidos. Espero que sepas cómo salir de aquí.

—Creo que es por aquí —dijo, y señaló un leve destello del sol de la mañana que se colaba entre los árboles.

Empezaron a caminar, saltando sobre las zonas más pantanosas.

La emoción se adueñó de Hugo. ¡Podía entrevistar a una bruja Tarkana de verdad! Al fin podría obtener respuesta a la larga lista de preguntas que tenía.

—¿No es confuso que todas y cada una de las brujas tengáis el mismo apellido?

—No. Nuestro aquelarre es nuestra familia. Además, todas las grandes brujas son conocidas por su nombre de pila. Catriona era la mejor de todas. Es mi antepasada y algún día seré tan poderosa como lo fue ella.

Hugo frunció el ceño.

—Entonces, ¿cómo es que no has usado magia para defenderte?

Abigail se encogió de hombros.

—¿Contra Endera? No merece la pena. —Aun así, miró hacia otro lado mientras lo decía.

Hugo se detuvo para mirarla mejor.

—Estás mintiendo, lo que significa... —Examinó todos los hechos mentalmente y llegó a la única conclusión lógica—. No tienes magia alguna, ¿verdad?

—Lo que tú digas. —Pero le aparecieron dos manchas rojizas en las mejillas.

—Entonces, demuéstralo. —Hugo se sacó del bolsillo trasero el diario y un lápiz al que empezó a lamerle la punta—. Observación número siete: Abigail Tarkana usa la magia.

Abigail apretó los puños.

—Será mejor que no me hagas enfadar.

—De acuerdo —dijo Hugo con el lápiz preparado sobre el papel—. Empieza.

Ella levantó los puños, moviéndolos delante de él.

—Cuidado, Hugo Suppermill, o te juro que te dejaré frito en el acto.

Él pestañeó.

—Aviso recibido. Sigo esperando.

Ella estiró los brazos. Hugo dio un respingo, pero no sucedió nada. Cero. Ni siquiera un rastro del chisporroteante fuego de bruja que Endera había usado contra él.

Ella agachó la cabeza.

—¿A quién quiero engañar? No tengo ni una gota de magia. Llevo meses estancada en los nueve años. Esa es la edad a la que se supone que las brujas reciben los primeros poderes, pero hasta ahora no ha pasado nada. —Lo miró con ojos atemorizados—. ¿Y si soy una imbrújil?

—¿Imbrújil? ¿Qué es eso?

—Una bruja inútil que nunca obtiene su magia. La Vieja Nan, que trabaja en la Guardería, nunca consiguió más que una pizca de magia, casi no era suficiente ni para hervir un poco de agua.

—Estoy convencido de que te llegará la magia cuando estés preparada.

—Bueno, pues más vale que venga pronto. Tenemos el primer examen de Encantamientos Espectaculares la próxima semana. Si no puedo invocar mi fuego de bruja, Madame Arisa me suspenderá. ¿Y sabes qué hacen con las brujas que suspenden?

Antes de que Hugo pudiera responder, oyeron un bufido muy ruidoso desde las sombras, seguido de un gruñido agudo.

—¿Qué...? ¿Qué ha sido... eso? —tartamudeó Abigail, cogiéndole del brazo.

—Esto... pues no estoy seguro. Pero, usando la lógica, podría ser un trasgo.

Los trasgos eran las criaturas que menos le gustaban a Hugo. Eran del tamaño de un cerdo enorme y tenían unos colmillos curvos, largos y afilados que podían desgarrar a un hombre adulto.

—Entonces, usando la lógica, ¡deberíamos correr! —dijo Abigail.

Capítulo 4

Las ramas azotaban a Abigail mientras huían. Entre los árboles alcanzó a ver el capitel estrecho de la Fortaleza Tarkana y se animó un poco. La verja de los jardines tenía que estar justo delante. A su lado, Hugo gritó cuando metió el pie en un agujero y se torció el tobillo.

Cayó al suelo y se cogió la pantorrilla.

—¡Ayuda! ¡Me he quedado atascado!

Abigail se quedó paralizada cuando, entre los arbustos, apareció un trasgo. Sus feos ojos de cerdo, que no eran más que unas rendijas que asomaban por encima de los colmillos curvados que le salían de la mandíbula inferior, la miraban con furia. Un pelo grueso y puntiagudo le cubría la piel gris moteada.

—¡Huye, Abigail! —gritó Hugo.

Aunque huir le parecía muy buen plan, Hugo se había enfrentado a Endera y ahora no podía dejarlo allí tirado.

Dos trasgos aún más grandes se unieron al primero. Gruñidos y rugidos les retumbaban en el pecho. Sacudían la cabeza, mostrando aquellos horribles colmillos afilados.

Hugo tiró del tobillo, pero estaba firmemente atascado en el agujero.

—No lo puedo sacar, Abigail. Vete. No podría soportar la idea de que te hicieran daño. —Tenía una mancha de barro en la mejilla y una mirada suplicante detrás de las gafas—. Por favor. Eres la única amiga que tengo.

A Abigail se le derritió el corazón. Era lo más bonito que alguien le había dicho nunca.

Se echó las trenzas por encima de los hombros y extendió las manos. Era hora de hacerse cargo de su magia.

—Se me ocurre algo —dijo—. Antes, cuando Endera me ha hecho enfadar, he sentido una especie de hormigueo.

—¿Crees que ha sido tu magia?

—No lo sé. Pero puede que vuelva a pasar, si me haces enfadar.

—¿Cómo lo hago?

Los trasgos bajaron los hocicos y empezaron a excavar en el barro con las pezuñas mientras se preparaban para atacar.

—Dime que nunca llegaré a ser una gran bruja.

Hugo repitió sus palabras.

—Nunca llegarás a ser una gran bruja.

—No, tonto, tienes que decirlo en serio.

Él cogió aire profundamente y gritó:

—Abigail Tarkana es la peor bruja de todo Orkney.

Y ahí estaba. Se notó una chispa en el pecho. Los trasgos se pararon y miraron a su alrededor, confundidos.

—Otra vez —dijo.

—Nunca conseguirá hacer magia y todo el mundo se reirá de ella, sobre todo Endera.

Ah, cómo le repateaba que Endera se riera de ella. La chispa se convirtió en una pequeña llama. Plantó la bota en el barro mientras las bestias salvajes se le acercaban con cautela.

—Más —dijo ella.

—Endera siempre será mejor bruja y lo sabes. Será la bruja más poderosa de todos los tiempos y tú serás su criada; le llevarás el té y las galletas.

Y esa fue la gota que colmó el vaso. Abigail le serviría té a Endera el día que los trasgos volaran.

Alzó las manos.

—*Fein kinter* —empezó, recitando las palabras que había aprendido en la clase de Encantamientos Espectaculares de Madame Arisa. Un suave susurro le hizo cosquillas en los oídos.

Invoco mi magia.

Hugo lanzó un montón de barro al trasgo que tenía más cerca e hizo que retrocediera un paso.

—Se nos acaba el tiempo, Abigail. Necesitamos fuego de bruja.

—*Fein kinter* —repitió con más seguridad, dibujando un círculo con las manos.

Una pequeña chispa le salió de la punta de los dedos. Movió las manos cada vez más rápido, sintiendo que su interior se cargaba de energía y entonces extendió las palmas hacia delante. Una descarga de energía crepitante le recorrió el brazo mientras un rayito de fuego de bruja de color azul le salía de las manos hacia el trasgo más cercano.

Apenas le rasgó su gruesa piel, pero sirvió para enfadarlo más. El gruñido retumbó con más fuerza y los otros dos se pusieron a su lado.

De repente, los trasgos se paralizaron, levantaron el hocico, chillaron, se giraron como si fueran uno solo y huyeron.

Abigail dejó caer los brazos, aliviada.

—¿Qué acaba de pasar? —dijo Hugo.

—No lo sé. Puede que los haya asustado.

Se miró las manos. ¿Había usado magia?

—Acabas de usar magia —confirmó Hugo, con un grito de sorpresa.

—Supongo que sí —respondió ella, pero una sensación de incomodidad la invadió mientras se examinaba las palmas.

—¿Cómo es que tu fuego de bruja es azul? —preguntó Hugo.

Abigail no tenía ni idea. Todas las brujizas sabían que el fuego de bruja era verde esmeralda. Eso significaba que a su magia le pasaba algo muy raro.

Se arrodilló junto a Hugo y tiró del pie hasta liberarlo. Una rama crujió, como si algo muy grande la hubiera pisado. Un rugido amenazador los hizo incorporar a toda prisa y vieron a una bestia que salía de entre los árboles y se dirigía a la parte más alejada del claro.

Era más alta que ellos. Era una criatura enorme, parecida a un lobo, con unos hombros descomunales y una melena greñuda. Tenía las orejas puntiagudas muy estiradas, atentas. Los ojos eran negros con una raya amarilla vertical en el centro. Tenía unas pezuñas del tamaño de platos, con unas garras de apariencia letal que se aferraban al suelo. Abrió la boca y enseñó una hilera de dientes afilados como cuchillas.

—¿Es eso un Shun Kara? —preguntó Hugo.

—Los Shun Kara no son tan grandes.

—¿Puedes hacerlo estallar?

Ella le miró de reojo.

—¿En serio? Mi magia es muy débil y no creo que vaya a detenerlo.

—Entonces, ¿qué hacemos?

De repente se le ocurrió una idea. La valla de los jardines estaba cerca. Solo tenían que distraer a la criatura lo suficiente para entrar en la fortaleza. Levantó las manos para cargar su magia.

—Prepárate para correr.

La bestia avanzó un poco y Abigail dirigió las palmas hacia arriba, a un grupo de ramas muertas que había por encima de sus cabezas. Disparó fuego de bruja a la madera podrida e hizo que las pesadas ramas se soltaran. Demasiado tarde: la bestia miró hacia arriba justo cuando la madera se desprendió y lo dejó atrapado. Mientras destrozaba las ramas, ellos echaron a correr.

Abigail se notaba un nudo de miedo en la garganta mientras corría detrás de Hugo. La verja de hierro apareció ante ellos. Abigail empujó a Hugo hacia dentro y se detuvo de golpe cuando unos dientes le mordieron el dobladillo del uniforme. Tiró de la falda frenéticamente y cuando la tela se rasgó pudo liberarse. Antes de que la bestia pudiera atacar otra vez, Hugo tiró de Abigail y cerró de un portazo.

La bestia mordisqueó el hierro, pero la puerta soportó las embestidas. Al final, se dio la vuelta y lanzó un último rugido por encima del hombro antes de escabullirse en el bosque.

Abigail se dejó caer, aliviada.

—¿Estás bien? ¿Te ha hecho daño? —preguntó Hugo, mirándola de pies a cabeza.

—No, no. Estoy bien. —El latido de su corazón volvió lentamente a la normalidad—. Será mejor que vuelva a clase antes de que Madame Vex se dé cuenta de que no estoy.

—Sí. Yo también. —Se mordió el labio inferior—. Nunca he faltado a clase. —Esbozó una sonrisa—. Claro que nunca me había enfrentado a tres trasgos ni me había perseguido una bestia salvaje.

Ella miró a través de la verja hacia las marismas.

—No puedes ir por allí. Puede que esa cosa esté esperando.

—Hay una entrada para el servicio al otro lado del jardín. Estaré bien —repuso él y asintió con rapidez antes de meterse entre los arbustos.

—Me ha encantado conocerte —gritó ella.

Él se giró con una sonrisa; tenía el rostro rodeado de hojas.

—A mí también. ¿Nos vemos después de las clases? Podemos intentar descubrir por qué tu magia es azul.

—Me encantaría.

Él asintió y desapareció de su vista.

Capítulo 5

Cuando Abigail entró a hurtadillas al comedor, el resto de las chicas ya estaban terminando de comer. Si alguien le preguntaba por qué no había ido a las clases de la mañana, diría que había tenido dolor de barriga. Minxie le dio unos golpecitos en el hombro.

—Toma. —Tenía en la mano la mochila de Abigail—. Te la has olvidado esta mañana.

Abigail estaba a punto de darle las gracias cuando los ojos de la chica se abrieron desmesuradamente y salió corriendo.

—¡Abigail Tarkana! —bramó una voz—. Espero que tengas una explicación para tu falta de asistencia en Matemágicas esta mañana.

Abigail se giró y vio a Madame Vex echándosele encima.

—Lo siento, Madame Vex. No me encontraba bien.

Madame Vex resopló.

—¿Eso del uniforme es un desgarrón? —Señaló el siete que tenía en la falda.

—Sí, señora. —Abigail retorció la tela para esconderlo—. Lo siento. He salido a dar un paseo por los jardines para que me diera un poco el aire y se me ha enganchado en un arbusto.

—Eso es mentira —dijo Endera, con Glorian y Nelly a su lado—. Se ha adentrado en las marismas. La hemos visto.

A Madame Vex se le encendieron los ojos.

—¿Es eso verdad, Abigail?

Abigail intentó inventarse algo, lo que fuera, pero Glorian se le adelantó.

—Es verdad, Madame Vex. No nos ha hecho caso cuando le hemos dicho que no lo hiciera.

—Sí —añadió Nelly—, ha salido corriendo por la puerta sin más y ha dicho que las normas eran *estúúúpidas.* —Agitaba las manos mientras decía la última parte.

Abigail gimió mientras a Madame Vex se le encendía el rostro. Todo el comedor se quedó en silencio cuando la profesora cogió a Abigail por una oreja, pellizcándola dolorosamente.

—Pues veremos qué tiene que decir Madame Hestera sobre esto.

Las chicas soltaron unos «oooh» entusiasmados. Madame Hestera era la líder del aquelarre Tarkana y la bruja más poderosa de todas.

Madame Vex sacó a Abigail del comedor y la llevó por un largo pasillo hacia un par de puertas dobles altísimas.

Llevaba a Abigail al Gran Salón, donde las brujas reunían al consejo. Abigail no había entrado nunca, pero había oído los rumores que difundían las chicas mayores sobre una araña gigante que vivía allí y que se comía a las brujizas que se portaban mal.

El resto de sus compañeras las seguían, deseosas de saber qué castigo la esperaba. Madame Vex hizo un gesto rápido con la cabeza a la pareja de guardias balfin con uniformes negros que custodiaban la entrada. Rápidamente abrieron las puertas y se hicieron a un lado.

Madame Vex la arrastró adentro y, al fin, le soltó la oreja. Las puertas se cerraron tras ellas y las demás chicas se quedaron fuera, decepcionadas.

Abigail se frotó la oreja para que la sangre volviera a fluir y miró a su alrededor con asombro.

Varias columnas de mármol daban soporte a los techos altos y había tapices muy ornamentados en las paredes. En uno de ellos había un hombre con barba que se arrodillaba ante un sol cosido con pespuntes rojos.

En la tarima elevada al otro lado de la sala, una mujer de cabello gris estaba sentada en una butaca de respaldo muy alto. Llevaba una túnica negra abotonada hasta el cuello. Una mano reposaba en un bastón; la protuberante empuñadura de color esmeralda apenas se veía entre sus nudillos. Una gran cortina negra colgaba detrás de la tarima.

Había un par de brujas sentadas a ambos lados; sus aires de superioridad evidenciaban que formaban parte del Gran Consejo de Brujas. Abigail reconoció a la madre de Endera, Melistra, de las visitas a la Guardería.

Abigail le tenía miedo a Melistra. Una vez oyó cómo le gritaba a la Vieja Nan, mientras sacudía uno de los libros de registro de la guardería y hacía llorar a la pobre mujer.

No había ni rastro de la araña, así que, quizás, *solo* fuera un rumor.

Madame Vex se detuvo delante de la tarima e hizo una gran reverencia. La directora le dio un toque a Abigail, que se inclinó de forma torpe.

—¿A qué se debe esta interrupción? —exigió Hestera, frunciendo los arrugados labios.

—Esta brujiza se ha ido corriendo a las marismas, aun sabiendo que iba contra las normas —la informó Madame Vex.

—¿Eso ha hecho? ¿En serio? —Hestera entrecerró los ojos mientras estudiaba a la chica—. ¿Cómo te llamas, niña?

—Abigail —contestó en un susurro. Le temblaban tanto las rodillas que temía caerse.

—¿Quién es tu madre? —quiso saber Hestera.

—Se llamaba Penélope —contestó ella obedientemente. Hestera frunció el ceño.

—¿Penélope? No recuerdo a ninguna bruja con ese nombre.

Antes de que Abigail pudiera explicar que había muerto poco después de nacer ella, una extremidad negra y peluda asomó por detrás de la cortina.

Hestera se dio cuenta de que la había visto y sonrió con malicia, luego dio una palmada brusca.

La cortina se abrió y reveló una gigantesca tela de araña con una araña del tamaño de un carruaje. Hilaba ágilmente más tela mientras se movía. Unas rayas rojas y amarillas rodeaban cada una de sus patas. Tenía unas mandíbulas que podrían tragarse a Abigail de una sola vez.

—¿Sabías que las Tarkanas deben su nombre a esta bonita criatura? —dijo Madame Hestera, señalando su mascota—. La llamamos la Gran Madre. ¿Te gustaría verla de cerca?

Abigail negó con la cabeza y fue a dar un paso atrás. Madame Vex la sujetó con fuerza por el hombro para detenerla.

—¿Cómo debería ser castigada?

—Deberíamos expulsarla —intervino Melistra con una voz gélida como el hielo picado—. Ha roto las normas.

Abigail se esforzó por no llorar. ¿Expulsada? ¿Por ir a las marismas?

Madame Vex carraspeó.

—Ha sido su primera infracción, Melistra. No es razón suficiente para expulsarla.

Melistra quiso discutir, pero Madame Hestera dio un golpe fuerte en la tarima con su bastón.

—Ya basta de interrupciones. Castigada después de las clases cada día durante una semana.

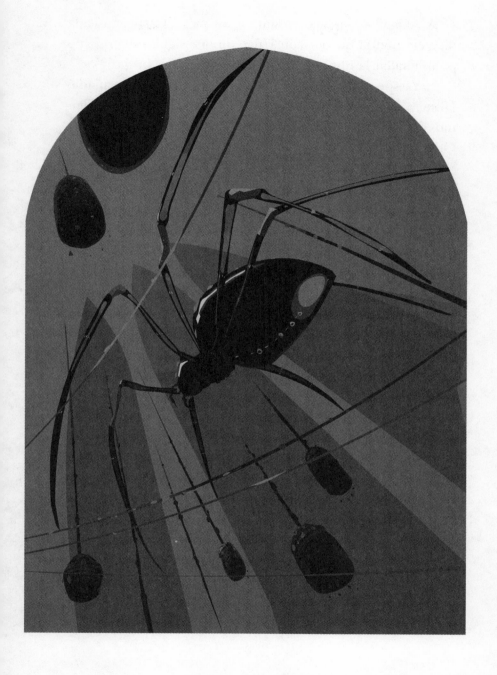

A Abigail se le cayó el alma a los pies. ¿Castigada cada día? No podría quedar con Hugo, lo que significaba que no podría hallar la respuesta a su extraño fuego de bruja.

—Y espero que esté más atenta, Madame Vex —añadió Hestera en un tono de voz bajo—. Con aquel espía que pillamos fisgando por aquí, no podemos saber qué es lo que trama Odín.

Madame Vex hizo una reverencia con la cabeza y se retiró.

Abigail la siguió y miró por encima del hombro una vez más. Melistra no apartó la mirada desdeñosa de la suya y le provocó un escalofrío de miedo que le subió por toda la espalda.

Fuera, las chicas se dispersaron en cuanto se abrieron las puertas.

Madame Vex dio unas cuantas palmadas.

—Venga, chicas, daos prisa. Llegaréis tarde a Pociones Potencialmente Potentes. Y no queréis que Madame Radisha os ponga un retraso, ¿no?

Las chicas dieron un gritito y se fueron a clase sin perder un momento. Abigail empezó a seguirlas cuando Madame Vex dijo:

—Madame Arisa me ha dicho que no te va bien en Encantamientos Espectaculares, que tu magia no ha aparecido todavía.

Abigail no dijo nada, temerosa de que, si mentía, Madame Vex lo sabría.

La directora resopló.

—Puede que te expulsen de todas formas.

Y con esas palabras le hizo un ademán a Abigail para que se fuera a clase.

Capítulo 6

Unos estandartes negros ondeaban en los parapetos de la Escuela Balfin para Chicos, un edificio deprimente construido con piedra gris erosionada. Del patio interior provenía el sonido inconexo de los estudiantes marchando al mismo ritmo. Siempre estaban practicando ejercicios para convertirse en soldados.

Un chico no podía hacer mucho más cuando llegaba a la mayoría de edad, solo alistarse en la Guardia Negra, el ejército privado de las brujas. Era eso o convertirse en herrero y hacer armaduras para la Guardia Negra. O trabajar en los establos y cuidar de los caballos de la Guardia Negra. Solamente unos poco elegidos formaban parte del Consejo de Balfin, con derecho a ser consortes de las brujas. Hugo nunca había entendido por qué las brujas necesitaban un ejército tan grande. No había habido una guerra en siglos.

Se apresuró a ir a la parte trasera del edificio y levantó la puerta del sótano. Emenor alardeaba de que entraba y salía así cada vez que hacía novillos. Los escalones de madera crujieron ruidosamente mientras bajaba. El sótano olía a tierra y un poco a podrido. Había cajas con verduras apiladas en el suelo de tierra. Cuando Hugo cerró la trampilla, una voz habló desde las sombras.

—Devuélvelo.

Hugo se giró.

Emenor se apartó de la pared y se acercó a él. Su hermano era alto y desgarbado. El pelo oscuro le caía por encima de la frente y le tapaba los ojos.

Hugo se sacó el medallón del bolsillo y lo dejó caer sobre la mano de Emenor. El chico mayor lo frotó con los dedos mientras lo miraba iracundo.

—Lo has usado, idiota. —Cogió a Hugo y lo estampó contra la pared—. ¿Quién te ha dicho que podías usar mi magia?

—Lo siento. Es que... quería saber cómo funcionaba la magia y había una pelea de brujas...

—¿Una pelea de brujas? ¿Quiénes?

—Una brujiza llamada Endera.

Emenor dio un paso atrás, parecía asustado.

—¿Has usado magia contra Endera Tarkana? Pero ¿has perdido la cabeza?

—¿Qué pasa?

—Que Endera Tarkana es la hija de una Gran Bruja.

—¿Y qué?

—¿Es que no sabes nada sobre las brujas? Una Gran Bruja es poderosa, más poderosa de lo que te puedas imaginar. Tenemos que destruir esto o lo rastreará hasta llegar a mí.

Emenor lanzó el medallón contra el suelo de piedra. Hubo un destello verde y se rompió en pedazos.

Cogió a Hugo por el cuello de la camisa y lo zarandeó.

—Me debes otro medallón, ¿me oyes? Pronto o te daré una paliza cada día hasta que me lo compenses.

Lo empujó a un lado y subió las escaleras que llevaban a la escuela dando fuertes pisotones.

Hugo se apoyó contra los ladrillos fríos, intentando calmar los latidos de su corazón. Nunca había visto a Emenor tan enfadado. A su hermano le gustaba mangonearlo, pero, en el fondo, solía ser un buen hermano.

¿Cómo iba a conseguir otro medallón mágico? Puede que Abigail le diera uno si le explicaba por qué lo necesitaba.

Lentamente, Hugo siguió a Emenor escaleras arriba, se escabulló por la puertecilla que daba a uno de los rincones de la bulliciosa cocina y salió al pasillo principal. Era cambio de clase, por lo que había chavales en todos los pasillos. Se apresuró para entrar en la clase de Historia Antigua.

El profesor Oakes era uno de los profesores favoritos de Hugo y venía de una familia importante. Como muchos de los miembros de la élite de Balfin, llevaba la cabeza rapada y vestía largas togas negras.

Mientras Oakes hablaba monótonamente sobre brujas de hacía mucho tiempo, Hugo garabateaba en su papel. Dibujó los hombros musculosos de la bestia, su cabeza grande y ojos rasgados.

Hugo leía mucho, así que sabía prácticamente todo lo que había por saber sobre los animales de la isla de Balfour, pero nunca había visto una criatura igual.

—¿Puede decirme alguien por qué no hay brujos hoy en día? ¿Señor Suppermill?

Hugo dejó el lápiz en la mesa.

—Un brujo llamado Rubicus intentó demostrarle a Odín que era más poderoso, así que lanzó un maleficio al sol para que envenenara la tierra. Casi destruyó Midgard, el reino de los hombres. Odín tuvo que cortarle la cabeza a Rubicus para detener la maldición.

El profesor Oakes alzó las cejas con asombro.

—Has hecho los deberes. Pero ¿cómo llevó este hecho a que no hubiera más brujitos?

Hugo se sabía bien la respuesta.

—Odín estaba tan enfadado por lo que había hecho Rubicus que maldijo a las brujas para que nunca pudieran tener hijos varones.

Oakes asintió en señal de aprobación.

—Pero ¿sabes lo que dice la Profecía de Rubicus?

Hugo negó con la cabeza. No había encontrado nada en los libros sobre ninguna profecía.

—Permitidme que os cuente la historia. —Oakes abrió un viejo libro raído y empezó a leer—. Mientras el sol rojo ardía como una antorcha flameante, Odín alzó su poderosa espada, Tyrfing, sobre la cabeza de Rubicus. «No me da placer acabar con tu vida», dijo Odín. «Pero esta vez has ido demasiado lejos». Rubicus hizo una promesa: «Puede que hoy me cortes la cabeza y termines con mi vida, pero un día seré vengado. Un hijo mío destruirá todo lo que has construido». Odín se enfadó tanto que lanzó una maldición: «Entonces, que una bruja no dé nunca a luz a un hijo varón».

—¿Y qué hizo Rubicus? —preguntó un chico de la primera fila.

—Se rio. Y después retó a Odín: «Recuerda bien mis palabras, ni siquiera un dios tan poderoso como tú puede controlar el destino. Un día, una hija de la hija de mi hija romperá la maldición y dará a luz a un hijo varón que llevará a cabo mi venganza». —Oakes cerró el libro de golpe—. Y traerá la guerra a Orkney.

El aula se quedó totalmente en silencio y Hugo levantó la mano.

—Entonces, ¿no puede escoger su destino?

Oakes frunció el ceño.

—¿Qué quieres decir?

Hugo se encogió de hombros.

—No me parece justo. Lo que quiero decir es que ¿qué pasa si ese chico no quiere vengarse y empezar una guerra?

Oakes sonrió.

—Será un brujo, claro que querrá ir a la guerra. Lo lleva en la sangre.

—¿Cómo es que nosotros, los balfin, no tenemos magia? —preguntó Gregor, un chico taciturno. Un flequillo de cabello negro le llegaba hasta las cejas—. ¿Por qué tenemos que servir a las brujas?

—¿Crees que somos débiles? —preguntó Oakes.

Gregor se encogió de hombros.

—Siempre le están dando órdenes a mi padre. Cose vestidos para ellas, pero ni siquiera se le permite hablar cuando se los está ajustando.

El profesor se paseó delante de la clase.

—Piensa en las brujas como si fueran un caballo, un semental; un animal lo bastante poderoso para quitarle la vida a un chico como tú a pisotones. Pero un caballo adiestrado se puede controlar fácilmente solo con un toque de las riendas. —Se detuvo delante de Gregor—. Los balfin sabemos cómo guiar a las brujas sin que ellas se den cuenta.

Ahora Gregor parecía confuso.

—¿Y eso cómo lo hacemos?

—Aprendemos sus artes. Sabemos sus encantamientos y sus pociones y nos dan objetos que llevan su magia.

Del interior de su toga, sacó un pesado medallón dos veces más grande que el de Emenor. Lo movió de un lado a otro y dijo algo en voz baja.

Mientras los chicos murmuraban con admiración, Gregor salió flotando por el aire, moviendo los brazos incontroladamente.

—¿Creéis que las brujas son las únicas que pueden aprender a hacer magia? —Oakes se guardó el medallón rápidamente en la toga y Gregor cayó en su asiento—. Nunca olvides, joven Gregor, que las bujas, aunque poderosas, son pocas en número. Los balfin somos muchos. Juntos somos una fuerza imparable.

—¿De qué sirve un ejército si no hay guerra? —preguntó Hugo.

Oakes se rio.

—Chico, las brujas jamás cejarán en su cruzada para gobernar Orkney. Siempre hay una guerra en marcha, solo que esta no ha empezado todavía. La clase ha terminado. Hugo, quiero hablar contigo, por favor.

Hugo guardó los libros en la mochila. ¿Iba a meterse en líos por haber faltado a las clases de la mañana?

Pero Oakes señaló el dibujo que había sobre su mesa.

—¿Dónde has visto un viken?

—¿Un viken?

—Sí. Es algo que las brujas conjuraron años atrás. Hubo bastante alboroto. Se extendió el rumor de que uno mató a una de ellas antes de que lo pudieran destruir. ¿Cómo has podido dibujar uno?

—Mmm. Pues no lo sé. Debo de haberlo visto en algún libro.

Oakes se le acercó.

—Porque si hubiera un viken en libertad en la isla, me lo dirías, ¿verdad, Hugo?

De repente, los ojos del profesor se llenaron de entusiasmo, mirando fijamente los de Hugo.

Hugo asintió, cruzando los dedos bajo la mesa mientras lo hacía.

Capítulo 7

Pociones Potencialmente Potentes era la clase favorita de Abigail. Las estanterías, repletas de tarros colocados de forma desordenada con cosas raras e ingredientes para sus famosas pociones, llenaban la clase de Madame Radisha. La mohosa sala olía a champiñones en descomposición.

Había diecinueve alumnas de primer año apuntadas en la Academia Tarkana para Brujas. Durante la práctica de pociones, trabajaban en parejas. Endera siempre escogía a Nelly porque era más lista que Glorian.

Las otras chicas tenían a sus favoritas, sus mejores amigas con las que coincidían, lo que normalmente dejaba a Abigail sin pareja, a no ser que faltara alguien. Mientras Madame Radisha hablaba sobre las poderosas propiedades del polvo de colmillo de trasgo, los pensamientos de Abigail la llevaron hasta su madre.

Hacía tiempo que no pensaba en ella. Abigail intentó imaginar cómo era. ¿La habría ido a visitar alguna vez a la Guardería? Se preguntaba si se parecerían.

Madame Radisha dio una palmada que sacó a Abigail de su fantasía de golpe.

—Ahora que hemos aprendido a hacer la poción de verdugo y escarabajo, poneos por parejas.

Abigail refunfuñó. No había estado prestando atención y tenía el diario de pociones vacío. Miró a su alrededor, con la esperanza de que alguna chica se apiadara de ella. Las brujizas iban y venían a su alrededor, pero ninguna la miró siquiera. Llamó la atención de Minxie, pero Glorian ya la estaba llamando a gritos. La chica se encogió de hombros en dirección a Abigail y se fue.

Abigail suspiró. Sola otra vez. Probablemente suspendería Pociones y la echarían en tiempo récord. La llevarían de vuelta a la Guardería para cuidar de las brujas bebés.

Alguien la tocó en el hombro.

—Parece que necesitas una pareja.

Endera estaba ahí con una sonrisa falsa tan grande que le tiraba de las mejillas.

Abigail prefería suspender Pociones a trabajar con ella, pero antes de que tuviera tiempo de decir algo, Madame Radisha murmuró con alegría:

—Endera, muy amable por tu parte ponerte de pareja con Abigail.

Abigail echaba humo; Endera sonreía. De una cosa estaba segura: Endera Tarkana no tenía ni un ápice de amabilidad en su interior.

—¿Qué estás tramado? —susurró Abigail mientras Endera empezaba a abrir botes encima de la mesa.

—¿Quién, yo? Ya has oído a la vieja Radisha. Solo estoy siendo amable. —Endera sonrió, pero en sus ojos vio un destello de resentimiento.

Abigail suspiró. No tenía más remedio que dejar que Endera llevara la iniciativa para hacer la poción ya que ella no tenía ni idea de por dónde empezar.

—Primero, necesitamos un montón de estos. —Endera cogió un tarro con grandes escarabajos negros que trepaban y echó unos cuantos al caldero—. A continuación, necesitamos un puñado de ojos de verdugo. Coge aquel tarro de allí. —Señaló a un tarro llego de ojos saltones.

Abigail hizo una mueca, abrió el tarro y metió la mano para coger los órganos escurridizos. El estómago le dio un vuelco. Se suponía que las brujas no debían verse afectadas al hacer pociones, pero a veces le entraban ganas de vomitar. Los añadió al caldero rápidamente y se limpió las manos en la falda.

—Ahora, añade el polvo de colmillo de trasgo —dijo Endera, señalando con la cabeza un tarro de polvo blanco mientras continuaba removiendo la poción.

Abigail desenroscó la tapa.

—¿Cuánto tengo que añadir?

Endera la miró inocentemente.

—¿No estabas prestando atención, Abigail?

Abigail se sonrojó.

—Sí... es que... bueno... no me acuerdo.

Endera puso los ojos en blanco.

—Vale. Te lo diré solo esta vez. Madame Radisha ha dicho que teníamos que vaciar todo el tarro.

Abigail dudó. ¿El polvo de colmillo de trasgo era potente? ¿Por qué no se acordaba de nada? ¿Qué bruja no sabía para qué servía el polvo de colmillo de trasgo?

Una que no presta atención en clase, claro.

Endera tamborileó en la mesa con los dedos.

—¿Vas a hacer algo? ¿O es que tengo que hacer yo todo el trabajo?

Abigail espolvoreó un poco de polvo. La poción del caldero empezó a soltar vapor.

Mejor no echar demasiado.

Empezó a poner el tarro derecho, pero Endera la golpeó en el codo y el contenido del tarro se vació dentro del caldero.

—Ups. —Endera sonrió y dio un gran paso hacia atrás.

Abigail ni siquiera tuvo tiempo de moverse. El caldero hizo un ruido silbante y agudo y después le explotó en la cara, esparciendo tripas de escarabajo y ojos de verdugo por todas partes.

La clase se quedó en silencio mientras Madame Radisha se les acercaba corriendo.

—Abigail Tarkana. Por Odín, ¿en qué estabas pensando? Cualquier brujiza sabe que el polvo de colmillo de trasgo es demasiado potente y no se puede echar más que una cucharadita.

—He intentado decírselo —dijo Endera con inocencia—, pero no me ha hecho ni caso.

Nelly se inmiscuyó y añadió:

—Sí, he oído cómo decía que Pociones Potencialmente Potentes es una clase muy *aburriiida*.

Madame Radisha apretó los labios y señaló la puerta con un dedo tembloroso.

—Fuera de mi clase. Y no vuelvas hasta que hayas cambiado esa actitud. Estoy pensando en suspenderte este semestre.

A Abigail le escocían las lágrimas en los ojos.

Odiaba esa escuela. Odiaba a Endera. Y odiaba que todo el mundo la estuviera mirando y se riera de ella. Pero eso era lo que Endera quería: ver cómo rompía a llorar.

Se apartó de la mesa despacio y se puso de pie. Los restos viscosos de trasgo le goteaban del pelo y la baba de escarabajo le resbalaba por la mejilla.

Cogió su diario de pociones y se lo guardó en la mochila, agachó la cabeza ante Madame Radisha, giró sobre los talones y salió del aula.

Capítulo 8

A bigail pasaba la fregona de lado a lado para limpiar el suelo pegajoso del aula de Madame Radisha. Se iba a volver totalmente loca después de tres días de castigo, haciendo tareas interminables tras las clases y después encerrada en su habitación sola hasta la hora de cenar.

—¿Intentas quitarme el trabajo?

La voz alegre era de una brujiza en la puerta. Sujetaba una fregona en una mano y un cubo en la otra. Era esbelta y tenía la piel pálida y los ojos grandes. Llevaba una media melena oscura con un flequillo que le tapaba la frente.

—Estoy castigada —dijo Abigail, que dejó de fregar—. ¿Por eso estás aquí?

—No. Yo trabajo aquí. —La chica dejó el cubo en el suelo y empezó a fregar.

Abigail la acompañó.

—Te he visto por ahí. Eres estudiante de segundo año, ¿verdad?

—De forma no oficial, pero sí. Me llamo Calla.

—Yo soy Abigail. ¿Qué quiere decir «de forma no oficial»? —Abigail se apoyó en su fregona para observar a la chica.

Calla siguió fregando.

—Significa que soy una imbrújil.

—Entonces este no es tu sitio —soltó Abigail. Luego se sonrojó y añadió en seguida—: Lo siento. Ha sido cruel.

Calla se encogió de hombros.

—No pasa nada, ya estoy acostumbrada. Madame Hestera es mi tía abuela. Me deja limpiar sus habitaciones y hacer trabajitos por la escuela. A cambio, tengo permiso para ir a clase.

—Debe de ser duro no poder usar magia —dijo Abigail.

Calla sonrió y le brillaron los ojos.

—No pasa nada. Mi magia vendrá algún día.

Abigail le devolvió la sonrisa, educada, y estrujó la fregona. Nunca había oído de ninguna imbrújil que al final hubiera hecho magia. Parecía cruel dejar que Calla continuara aprendiendo encantamientos y pociones que nunca podría usar.

—¿Te gustaría que pasáramos un rato juntas? —le preguntó Calla—. Ya he terminado con todas mis tareas de hoy. Podríamos ir a la biblioteca y mirar libros de hechizos. Hay un libro sobre setas mágicas que... —Se quedó callada al ver la expresión de duda en el rostro de Abigail.

—No es que no quiera... —A Abigail le encantaría tener una amiga dentro de la fortaleza, pero hoy tenía pensado quedar con Hugo, estuviera o no castigada.

La alegría de Calla se disipó.

—Da igual. Seguro que tienes cosas mejores que hacer.

Cogió su cubo y salió de la sala.

Abigail quiso ir tras ella para explicárselo, pero se detuvo al oír el taconeo de unos zapatos en el pasillo. Eso significaba que llegaba Madame Vex.

Siguió a Madame Vex hasta las escaleras de los dormitorios, entró silenciosamente en su habitación y esperó al clic de la cerradura. Cuando dejaron de oírse los pasos, se acercó a la ventana y la abrió.

Su habitación estaba en la parte trasera de la torre, en lo más alto. Se asomó y se mareó un poco al reparar en la altura. Unas gruesas ramas de hiedra envolvían el edificio. Se agarró a una de ellas. Era dura, pero ¿sería lo bastante fuerte para resistir su peso?

Salió a la cornisa, cogió una suficientemente larga y bajó poco a poco desde la ventana. Con los pies iba buscando partes de las ramas que pudiera usar de apoyo. No se atrevió a mirar hacia abajo. Empezaban a dolerle los brazos cuando atisbó el suelo. Resoplando por el esfuerzo, bajó los últimos metros y se limpió las manos al llegar.

Era hora de encontrar a Hugo. Solo esperaba que no se hubiera hartado y se hubiera ido. Comprobó que el patio estaba vacío y lo cruzó rápidamente hacia los jardines. Mientras se apresuraba por el sendero, le llamó la atención un movimiento. Había alguien andando debajo de una morera. Debía de ser una brujiza practicando su magia.

Abigail se dio media vuelta para ir por otro lado y se quedó paralizada.

Endera venía directamente hacia ella.

Capítulo 9

Endera se atusó el pelo con cuidado, apartándose unos mechones largos detrás de las orejas. Se alisó el uniforme con las manos y comprobó que no hubiera ninguna arruga o pliegue. Satisfecha con su apariencia, bajó por las escaleras de los dormitorios y se fue a los jardines.

Su madre le había enviado una nota que decía que quería verla, lo que significaba que se trataba de algo importante. Melistra no solía prestarle atención, cosa que Endera entendía, por supuesto. Una Gran Bruja tenía muchos quehaceres importantes. Un día, Endera tendría un lugar junto a su madre y, juntas, podrían echar de su puesto a esa rancia de Hestera como líder del aquelarre.

Con el corazón latiéndole con fuerza, Endera se acercó a la figura alta que la esperaba bajo la morera.

—Madre. —Endera hizo una genuflexión—. ¿Ha oído que he sacado buenas notas en Matemágicas?

Un destello de irritación apareció en el rostro de Melistra.

—No tengo tiempo para tu cháchara. ¿Qué has hecho para deshacerte de esa brujiza, Abigail?

Endera se sonrojó.

—Lo intento, madre. Todavía no le ha salido la magia. Suspenderá Encantamientos Espectaculares cualquier día de estos.

Melistra la cogió por el cuello del vestido; se lo retorció de tal modo que le hacía daño.

—Eso no es excusa. La quiero fuera ya.

Endera asintió, respirando con dificultad.

—Sí, madre.

Melistra la soltó y relajó un poco los hombros agarrotados.

—Tengo algo para ti. —Sostenía un libro delgado con cubiertas de piel—. Es mi viejo libro de hechizos. Hará que tu magia sea aún más fuerte. Espero que te nombren Brujiza Principal y hagas que esté orgullosa de ti.

Endera cogió el libro y miró la vieja cubierta de piel con asombro.

—Gracias. Pero ¿esto no es hacer trampa?

—Una bruja hace lo que sea necesario para alcanzar el éxito. —Melistra se dio media vuelta para irse.

Endera dudó, pero entonces le hizo la pregunta que la había estado perturbando:

—Madre, si puedo preguntar, ¿por qué es...? A ver cómo lo digo... ¿Qué ha hecho Abigail para que sea tan mala?

Melistra se detuvo y se dio la vuelta despacio. Estaba pálida de la rabia. Alzó la mano como si fuera a golpearla.

—Nunca vuelvas a cuestionar lo que digo. Su madre traicionó al aquelarre. No te hace falta saber nada más.

Con el frufrú de su falda, Melistra desapareció de su vista.

Aferrada al libro de hechizos, Endera la siguió con la mirada. Se limpió con rabia la lágrima que se le había escapado. Era una bruja de Tarkana, no una llorica. Si su madre quería que Abigail se fuera, haría que la chica deseara no haber nacido nunca.

Capítulo 10

Hugo esperaba encaramado a las ramas de un bayespino. Abigail llevaba tres días seguidos sin aparecer, lo que significada que o no quería volver a verlo o había pasado algo malo.

¿Y si la habían encerrado en las mazmorras por usar su magia azul? Hugo tragó saliva mientras se aferraba a la rama. Había oído historias sobre los fieros roedores del tamaño de gatos que vivían allí abajo, los rátalos.

—Por favor, Abigail —susurró—. Hazme una señal para que sepa que estás bien.

—Estoy aquí, bobo.

Hugo se sorprendió tanto al oír la voz de Abigail que casi se cayó del árbol. Al girarse, la encontró de pie encima del muro que había tras él.

—¿Cómo has llegado hasta ahí? —preguntó.

—Escalando una morera. —Abigail se subió a la rama y avanzó con cuidado hasta llegar hasta él y después se dejó caer a su lado—. He estado castigada toda la semana, pero me he escapado para verte. Cuando iba hacia los jardines casi me cruzo con Endera y su madre, Melistra.

—¿Y?

—Me he escondido detrás de un árbol y me he puesto a escuchar. Melistra le ha dado a Endera un libro de hechizos y le ha pedido que se deshaga de mí. También ha dicho que mi madre era una traidora. —Sacudió la cabeza, aparentemente confusa y asustada—. ¿Por qué ha dicho algo así? ¿Y qué puedo hacer al respecto?

Hugo le dio un apretón en el brazo.

—Tenemos que encontrar respuestas ¿Cuánto tiempo puedes quedarte?

—Todavía faltan dos horas para la cena.

—Perfecto. Sé justo con quién tenemos que hablar.

Como cualquier buen científico, Hugo tenía sus fuentes: expertos a los que podía recurrir para que contestasen a sus preguntas. Y la persona más sabia que conocía era Jasper, el capitán de un barco que, según él mismo decía, era hijo de Aegir, el Dios del Océano que vive bajo el mar junto a las sirenas y los tritones.

No había mucha distancia entre la Fortaleza Tarkana y el puerto de Jadewick. Se mezclaron entre los marineros y los soldados balfin que patrullaban los muelles hasta que Hugo localizó el barco de Jasper al fondo del embarcadero. Se torcía hacia un lado, como si se estuviera hundiendo poco a poco. Unas raídas velas de color marrón colgaban mustias; parecía que cualquier fuerte corriente pudiera dejarlas hechas trizas.

El viejo marinero estaba sentado en la cubierta, afilando un cuchillo de pesca con una piedra. El pelo largo y canoso le llegaba hasta la cintura, lleno de enredos, y un trozo de cuerda era lo único que le sujetaba los desgastados pantalones de lona. Tenía la piel del marrón del cuero, pero sus ojos azules parecían fieros cuando los miró de arriba abajo.

—¿Quién es tu amiga, muchacho?

—Hola, Jasper. Te presento a Abigail. ¿Podemos subir?

Al verlo asentir, saltaron a la cubierta.

Hugo se sacó el diario.

—¿Qué puedes contarnos sobre el fuego de bruja azul?

El viejo marinero escudriñó los alrededores rápidamente.

—¡Serás bobo! No puedes hablar de esas cosas en público. —Se puso en pie y se dobló sobre sus huesudas rodillas para abrir una trampilla—. Bajad por aquí antes de que nos encierren en las mazmorras de Tarkana por vuestra culpa.

El camarote era pequeño y estrecho. Un par de literas ocupaban uno de los lados; en el espacio sobrante cabían justo una mesa desvencijada y dos sillas. Jasper se sentó y encendió una pequeña lámpara de aceite, cuya luz parpadeante proyectaba largas sombras en las paredes.

—Decidme por qué queréis saberlo —gruñó. Con la luz, sus ojos tenían un brillo salvaje.

A Hugo le martilleaba el corazón en los oídos.

—Bueno… pues… solo teníamos curiosidad.

Jasper se inclinó hacia delante y clavó la punta de su cuchillo en la mesa.

—Me estás mintiendo, chico. Hazlo otra vez y lanzaré tu cuerpo al mar para que solo los peces puedan saber tu paradero.

—Es por mí —dijo Abigail de repente—. Usé mi magia para salvar a Hugo de un trasgo en el pantano.

—Y de esa bestia horrible —añadió Hugo.

—Es verdad. Y cada vez que lo usaba, mi fuego de bruja era…

—Azul como el cielo de la mañana —dijo Jasper en un susurro. Le brillaban los ojos de la emoción mientras observaba a Abigail—. Debes de ser la hija de Lissandra.

Abigail frunció el ceño.

—¿Lissandra? No, mi madre era Penélope. Murió hace mucho tiempo.

ALANE ADAMS

—¿Quién es Lissandra? —preguntó Hugo mientras apuntaba el nombre en su diario.

—Una bruja que conocía. —Jasper se apoyó sobre los codos para poder observar mejor el rostro de la chica—. Y me jugaría el cuello a que tú eres su hija.

Abigail se mordió el labio.

—La Vieja Nan me dijo que se llamaba Penélope, pero Madame Hestera nunca había oído hablar de ella. También oí decir a otra bruja que mi madre era una traidora.

Jasper asintió.

—Lissandra estaba huyendo con su bebé cuando murió.

—¿Por qué? ¿Qué pasó? —preguntó Hugo.

El marinero se frotó la barbilla.

—Os diré lo que sé, pero antes necesito que me hagáis un favor. Estoy buscando a una criatura de esta altura… —Se llevó la mano a la cintura—. De pelo verde, un tipo bastante charlatán. Seguiremos hablando cuando lo encontréis.

Hugo le dio un golpecito con el codo a Abigail y ambos se levantaron y empezaron a subir las escaleras, pero Jasper los llamó.

—Has hablado de una bestia. ¿Qué aspecto tenía?

Hugo se giró.

—Era fea como un Shun Kara, pero mucho más grande. Tenía unos hombros fuertes y cubiertos de una espesa melena y dientes que parecían capaces de masticar granito. El profesor Oakes me dijo que era un viken.

Jasper palideció y puso una mano en la mesa para no perder el equilibrio.

—Manteneos lejos de las marismas, chicos. Pase lo que pase, no volváis por allí.

Capítulo 11

Abigail aceleró el paso para llegar a tiempo a la clase de Historia de la Brujería. Para cuando Madame Greef llegara cojeando con su andador, las brujizas debían estar ya en su sitio y preparadas para recitar el Código de las Brujas en voz alta. Cualquier ruido o movimiento hacía que la vieja bruja se detuviera y se girara lentamente para mirar a la chica que lo hubiera hecho.

Entonces empezaban a pasar cosas extrañas.

A una chica que susurrara, de repente, podía salirle una rana de la boca. Una brujiza que no se estuviera quieta podía encontrarse un montón de pulgas bajo el uniforme para tener así algo por lo que moverse de verdad.

Pero ese no era el motivo por el que Abigail se daba prisa.

Desde que la madre de Endera le había dado ese libro de hechizos, la chica había usado sus encantamientos para meter a Abigail en más líos.

El primer día, Endera hizo resonar una voz en la clase, modulándola para que sonara idéntica a la de Abigail.

Se pasó el resto del día con sabor a rana en la boca.

El segundo día, Endera hizo que su silla estuviera cada vez más caliente hasta que, chillando, saltó de un brinco.

A Madame Greef eso no le gustó nada, así que Abigail se ganó un ejército de pulgas que empezaron a mordisquearla bajo el uniforme.

Por eso, ese día Abigail había planeado llegar a clase temprano para poder sentarse en la última fila. Si estaba al final, podría tener a Endera controlada y a la vez mantenerse fuera de la vista de Madame Greef.

Abigail dobló una esquina a toda velocidad y se dio de bruces con otra compañera.

—¡Calla!

—Hola, Abigail —saludó la brujiza tranquilamente mientras se inclinaba sobre su mopa.

—Eh… Hace tiempo que no te veo —dijo Abigail.

—He estado ocupada, ya sabes, limpiando suelos y yendo a clase, aunque este no sea mi sitio.

—Calla, lo siento, no quise decir eso.

A la imbrújil se le puso la cara roja de la ira.

—Te vi en el pueblo con ese chico balfin. ¿Sabes por qué es tan amable contigo? No es por tu encanto, solo quiere tu magia. Sí, eso es. Eso es lo único que quieren los balfin de las brujas, un amuleto mágico. Espera y verás cómo te pide uno. Todos lo hacen.

La chica se abrió paso con un empellón y se fue dejando allí mismo la mopa y el cubo. Abigail quiso seguirla y hacer las paces de alguna forma, pero no tenía tiempo. Entró en el aula y examinó las filas con rapidez. Endera estaba sentada en el centro y había un asiento vacío frente a ella. Con una sonrisa perversa, le hizo un gesto a Abigail para que lo ocupara.

Ni de broma. Todavía quedaba un sitio en la esquina más alejada. Corrió a por él, apartó de un codazo a otra chica y se sentó en la silla, suspirando de alivio.

Detrás de Endera, Glorian y Nelly estallaron en carcajadas, dándose codazos la una a la otra como si todo formara parte de una broma.

Abigail sintió desasosiego de repente. ¿Qué estaría tramando Endera?

Madame Greef entró en la sala. Las niñas se colocaron bien rectas en sus sillas y empezaron a recitar el código.

«Mi corazón de bruja está hecho de pura roca,
Frío como el invierno, hiere todo lo que toca».

La bruja anciana avanzaba arrastrándose, inclinada sobre su andador. Abigail se tensó, esperando que algo empezara a ir mal. Clavó los ojos en la nuca de Endera. La odiosa brujiza estaba sentada con las manos colocadas delicadamente sobre su pupitre.

«Mi alma de bruja es negra como el betún
Forjada en la oscuridad, deja cicatrices al tuntún».

Abigail mascullaba las palabras, pero estaba empezando a notar el sudor bajo el cuello de su camisa. Había tensión en el aula, como si algo estuviera a punto de explotar.

«Mi sangre de bruja arde de poder,
No me enfades o de mí te deberás esconder».

Madame Greef había llegado casi a las primeras filas cuando Endera llevó la mano hasta su regazo y sacó el viejo libro de hechizos. Echó un malévolo vistazo por encima del hombro, lo abrió y deslizó los dedos por una página mientras movía los labios en silencio.

Una repentina carga eléctrica hizo que a Abigail se le pusiera de punta el vello del brazo.

Intentó seguir recitando el siguiente verso, pero no tenía voz. Abría y cerraba la boca, pero no le salía ningún sonido. Una sensación de pesadez se instaló en sus extremidades, como si le pesaran una tonelada. Se miró la mano, tratando de moverla, pero era incapaz de levantarla del pupitre.

La puerta de la clase se abrió silenciosamente. Abigail todavía podía girar la cabeza, aunque no podía hacer nada más. Las otras chicas siguieron recitando el código como si no pasara nada raro.

«Mis manos de bruja conjuran la maldad;
Tramo y maquino, es la pura verdad».

Algo flotaba en la puerta. Abigail entornó los ojos, tratando de distinguirlo.

¿Era el cubo de fregar de Calla? Se movía en el aire por sí solo y después empezó a flotar sobre las cabezas de las chicas. Ninguna lo vio ni miró hacia arriba cuando el cubo les pasó por encima. Abigail lo perdió de vista, incapaz de volver a girar la cara.

«Mi lengua de bruja te echará una maldición,
Para traerte tristeza y más desolación».

Al terminar el último verso, el aula quedó en silencio. Una gota de agua fría le cayó en la cabeza. Y luego otra. Y luego, en una cascada de suciedad, el cubo entero se derramó sobre ella.

Toda la clase estalló en carcajadas mientras Abigail parpadeaba para quitarse el agua de los ojos; el líquido jabonoso se los irritaba. Recobró la fuerza y se levantó de golpe, preparada para darle una tunda a Endera, pero la puerta se abrió y Madame Vex entró de sopetón.

—¿A qué viene todo este escándalo?

Se quedó sin aliento al ver a Abigail de pie y totalmente empapada. El cubo volador cayó al suelo con un ruido seco. Madame Vex se acercó y lo cogió.

—¿Quién es el responsable de esto? —La sala quedó en silencio. La bruja levantó el cubo, avanzando desde el fondo hacia el centro de la clase—. Una de vosotras ha lanzado un hábil hechizo y ha volcado un cubo de agua sobre la cabeza de Abigail. Que se levante ahora mismo… —Hizo una pausa y bajó la voz hasta que solo fue un susurro—. Que ser levante para que pueda reconocer a esa alumna como la bruja sobresaliente que es.

Se oían murmullos de asombro.

Seguro que iba a castigarlas a todas o a obligarlas a hacer un montón ejercicios de Matemágicas.

Pero Madame Vex se limitaba a sonreír.

—Mis pequeñas brujizas, ¿no habéis aprendido nada en las semanas que lleváis aquí? Esta no es la Escuela Balfin para Chicos Maleducados. Es la Academia Tarkana para Brujas. *Brujas* —añadió con énfasis mientras se movía entre las chicas como una pantera—. Y las brujas son maravillosamente retorcidas, así que lo preguntaré otra vez: ¿qué encantadora brujita ha usado así su magia?

Endera levantó la mano muy despacio, pero antes de que pudiera hablar, Minxie se levantó de un salto.

—He sido yo —dijo.

Madame Vex pareció sorprendida. Toda la clase se quedó sin aliento

—Está mintiendo —replicó Endera, levantándose también—. He sido yo.

Pero ya era demasiado tarde. Las demás chicas se habían apuntado también. Una a una, se levantaron gritando que habían sido ellas hasta que en la clase se formó un gran alboroto.

Incluso Abigail se unió, sonriendo mientras el rostro de Endera se ponía más y más rojo.

Capítulo 12

Hugo esperaba entre los arbustos que había tras el bayespino a que llegara Abigail. Ese día por fin iba a pedirle un medallón. Seguro que entendería por qué necesitaba uno cuando se lo explicase. La gravilla del camino crujió y entonces Abigail apareció ante sus ojos. Llevaba las trenzas deshechas y olía a lana mohosa y mojada.

—¡Abigail, por fin! —exclamó, saltando de detrás del árbol.

—¿Sabes algo más de mi magia? —le espetó.

—No.

Ella frunció el ceño.

—¿Entonces qué haces aquí?

—Qué gruñona eres —le contestó, herido por sus duras palabras.

—Perdona, solo es que…

—¿Endera? —supuso el chico.

—Sí. —Abigail se sentó en el suelo—. Está usando ese libro de hechizos para meterme en líos. Hoy me ha maldecido con un hechizo de inmovilización que me ha dejado sin voz e incapaz de mover ni un dedo. Después ha hecho flotar un cubo de agua sucia sobre mi cabeza y me lo ha echado encima. Casi me daba pena después de la forma en la que le habló su madre, pero ya no.

Hugo le agarró la mano.

—Si me dieras un medallón mágico creo que podría ayudarte.

Abigail lo miró boquiabierta.

—¿Quieres que te dé parte de mi magia? ¿Por eso eres mi amigo? —Apartó la mano—. ¿Porque quieres mi magia?

—¡No! —Se sonrojó—. No es eso. A ver, sí que quiero uno, pero no te lo he pedido por eso. Emenor está enfadado conmigo porque le quité el suyo. No quería pedírtelo, pero…

Ella se lo quedó mirando fijamente durante un momento que se le antojó eterno.

—De acuerdo. Veré qué puedo hacer.

Hubo un silencio incómodo. Hugo quería disculparse, pero no debería tener que hacerlo. No era su intención que hubiera pasado esto ni que Emenor tuviera que destruir el medallón para que Melistra no lo usara para encontrarlo.

Antes de que pudiera explicarse, les llegó el sonido de unas voces.

—Es Endera, escóndete —dijo Abigail.

En cuanto se escondieron entre unos arbustos cercanos, apareció Endera con sus dos secuaces. La brujiza se detuvo a inspeccionar el lugar sin soltar el libro de hechizos de su madre.

—Quiero ir a por dulces —se quejó Glorian—. La cocinera estaba haciendo pudin de melón amargo.

—Silencio —siseó Endera—. O te haré una demostración de mi magia. Abigail ha venido por aquí. Voy a deshacerme de ella de una vez por todas. —Le dio unas palmaditas al libro de hechizos.

—¿Qué tienes contra ella? —preguntó Glorian—. Nos pasamos el día persiguiéndola, pero no es tan mala. Ayer me dejó copiar sus respuestas en Matemágicas.

—Sí, es verdad —la apoyó Nelly—. Y a mí me deja ver sus apuntes en Encantamientos Espectaculares. ¿Por qué siempre vas a por ella?

Endera agarró a la niña y se la acercó.

—Mi madre quiere que desaparezca. ¿Quieres ir tú a preguntarle por qué?

Nelly negó con la cabeza.

—Entonces vamos a separarnos. Tiene que estar por aquí.

Nelly refunfuñó mientras se alejó por el sendero, Glorian se escabulló por la derecha y Endera fue directa hacia su escondite.

—Viene hacia aquí —susurró Hugo.

—Muévete —le contestó Abigail, arrastrándolo aún más dentro de los arbustos.

Se adentraron aún más en el jardín, zigzagueando entre los matorrales. Los caminos estaban plagados de plantas y también había espinas que se les enganchaban en la ropa y la rasgaban.

Al cabo de unos minutos, Hugo se detuvo en un pequeño claro.

—¿Crees que les hemos dado esquinazo?

El jardín estaba en silencio, quitando el canto vespertino de los pájaros. Abigail asintió, suspirando de alivio.

—Sí, creo que estamos a salvo.

Justo terminó de hablar y un ruido de algo que se partía retumbó en el aire. El suelo desapareció bajo sus pies y, de repente, se vieron cayendo al vacío. Hugo agitaba los brazos, gritando muy alto, y Abigail gritaba con él. Impactaron con fuerza en el suelo. Por suerte, habían caído encima de un montón de heno; si no, se habrían roto varios huesos.

Un cielo borroso se asomaba a través de un agujero irregular que había en el techo. A Hugo se le habían caído las gafas. Se incorporó, algo mareado, y las buscó a tientas.

Abigail las encontró, las limpió y las colocó de nuevo sobre su nariz.

—¿Estás bien?

—No me he roto nada —respondió, tocándose el cuerpo—. ¿Qué es este lugar?

Abigail se puso en pie, sacudiéndose el polvo del vestido.

—Debe de formar parte de las mazmorras. Creo que nos hemos caído por un antiguo conducto de los que se usaban para bajar el heno.

—¿Las mazmorras? —Tragó saliva—. ¿Has oído hablar de los rátalos que viven aquí? —dijo levantando la voz a causa del pánico—. Yo he oído que se zampan los huesos de los prisioneros y hacen túneles en la piedra para construir sus nidos. Tienen ojos como de…

Abigail lo cortó.

—Soy una bruja Tarkana, claro que sé lo que son los rátalos. Tú quédate calladito o harás que vengan a por nosotros.

Hugo la fulminó con la mirada.

—¿Por qué siempre que estoy contigo acabo corriendo un peligro mortal?

—Es culpa tuya por haber trepado por ese bayespino, para empezar —señaló.

Un rostro conocido apareció en el agujero que había sobre sus cabezas.

—¡Endera, ayúdanos! —la llamó Abigail.

Al lado de Endera aparecieron Nelly y Glorian. Las tres aprendices parecían sorprendidas de verlos tan abajo.

—Por favor —añadió Hugo—, hay rátalos aquí abajo.

En la cara de Endera se dibujó una sonrisa malévola.

—Entonces se darán un festín esta noche. Disfrutad de vuestra estancia en las mazmorras.

Las tres colocaron unos tablones rotos sobre el agujero hasta que solo se filtraba un rayo de luz a través de ellos.

Capítulo 13

Abigail estaba que echaba humo. ¡Cómo se atrevía a dejarlos tirados allí abajo!

—Cuando salga de estas mazmorras voy a dejarle las cosas bien claritas a Endera de una vez por todas —juró.

De una vez de un puñetazo en su nariz mocosa y *por todas* de una patada en la espinilla.

—Endera da igual ahora —dijo Hugo—. Tenemos que encontrar la forma de salir de aquí.

Registraron la habitación y no encontraron más que varias pilas de cajas de madera vacías y un montón de escudos cogiendo polvo en un rincón.

El sonido de algo corriendo hizo que Hugo se acercara a ella de un brinco.

—¿Qué ha sido eso? —preguntó.

—Seguramente una legión de rátalos —se burló—. ¿Alguna idea de cómo escapar?

—Podríamos amontonar esas cajas y escalar —respondió él.

Abigail echó un vistazo las cajas.

—Buena idea, pero no hay suficientes como para llegar al techo ni aunque me suba a tus hombros. Tiene que haber alguna puerta por aquí. —Apartó algunas cajas y casi saltó de alegría cuando atisbó una forma ovalada—. ¿Ves? Ayúdame a moverlas.

Hugo y Abigail empujaron juntos y lograron mover las cajas hasta que dejaron al descubierto una antigua puerta de madera que tenía un anillo de hierro como pomo.

Hugo tiró de él.

—Está atascada —dijo.

Abigail asió el pomo y Hugo apoyó una pierna en la pared para hacer palanca, pero la puerta no cedió.

Abigail la inspeccionó.

—No tiene bisagras

—¿Y?

—Y… —Apoyó un hombro contra la superficie y empujó con fuerza. Con un *pum*, la puerta se desatrancó y la chica cayó en el pasillo.

Hugo se dio una palmada en la frente.

—¡Se abre hacia fuera! ¡Bien pensado, Abigail! Seguro que serías una buena científica.

Pero Abigail se dio prisa en volver a entrar.

—Esto… Hugo, tenemos un problema.

—¿Qué? —Hugo miró por detrás y chilló de terror.

El pasillo estaba infectado de rátalos. Sus descomunales cuerpos de roedor estaban cubiertos de pelo enmarañado y sus ojos brillaban hambrientos a la tenue luz. El que tenían más cerca enseñó los dientes puntiagudos y se irguió sobre sus rollizas patas traseras para sisearles.

—Abigail, haz algo —dijo el chico, que se había puesto pálido.

—Tenemos que pasar —respondió Abigail—. Puedo intentar usar mi fuego de bruja, pero hay muchos. Me vendría bien algo de ayuda.

—Vale, espera aquí. —Hugo corrió hacia el almacén y volvió con un par de escudos oxidados—. Los asustaré mientras tú los fríes. A la de tres: una, dos...

A la de tres, Hugo empezó a chocar los discos de metal entre sí mientras Abigail lanzaba su fuego de bruja. Ahora que había aprendido a dominarlo, salía con facilidad y disfrutó de la sensación del fuego azul que emanaba de la punta de sus dedos.

Las alimañas se dispersaron con rapidez, colándose entre las grietas y fisuras de la pared.

Hugo se dejó caer, aliviado.

—No me gustan nada de nada esas cosas. Va, salgamos de aquí.

Inspeccionaron el pasillo apenas iluminado. Estaba construido con bloques de piedra y había varios portones de madera a cada lado. Todos tenían una ventanita con barras de hierro y, a cada pocos metros, había antorchas apagadas insertadas en las muescas de la pared. El aire era frío y húmedo, como si nadie hubiera estado allí en millones de años.

—¿Crees que habrá alguien dentro de las celdas? —susurró el chico.

—Madame Vex dijo que llevan siglos sin usarse. —Abigail saltó, se agarró a las barras de la primera puerta y acercó la cara a la ventanita. El suelo estaba cubierto de paja y de las paredes colgaban varias cadenas oxidadas que acababan en grilletes.

—Está vacía —dijo, bajando de un salto. Por turnos, fueron comprobando todas las celdas—. ¿Hugo, crees que Jasper tiene razón? ¿Que mi madre era esa tal Lissandra?

—Puede ser. —Hugo dio un salto para bajar y se dirigieron a la siguiente celda—. Eso explicaría por qué Melistra dijo que era una traidora. Jasper dijo que Lissandra estaba huyendo del aquelarre con su bebé.

Abigail comprobó la siguiente celda y después bajó de un brinco.

—¿Pero por qué querría irse? Ninguna bruja Tarkana ha abandonado el aquelarre nunca.

Hugo se encogió de hombros.

—¿Cómo murió?

Abigail parpadeó.

—No lo sé. Nadie me lo dijo y a mí tampoco se me ocurrió preguntar.

Continuaron hasta que llegaron al final del pasillo. Solo quedaba una celda por revisar.

Abigail se encaramó y miró dentro. Además del heno esparcido, había un cubo viejo y los huesos de un rátalo que llevaba mucho tiempo muerto. Estaba a punto de decirle a Hugo que estaba vacía cuando chilló al ver a una criatura de pelaje verde salir de entre las sombras y sentarse sobre sus patas traseras.

Era la cosa más rara que había visto nunca. Debía de tener articulaciones muy flexibles, ya que las rodillas le llegaban hasta las orejas, que eran largas y le colgaban hasta más allá de los hombros. Ignorándola, empezó a morderse la uña del pie tranquilamente.

—Ahí dentro hay algo —le susurró a Hugo.

—Háblale. Averigua quién es.

Abigail carraspeó antes de preguntar:

—Hola, ¿quién eres?

La criatura dejó de mordisquearse las uñas para responderle.

—¿Y quién eres túúú?

—Te he preguntado yo primero —contestó Abigail.

—Yo he preguntado el segundo, y dos es mayor que uno —le respondió molesto y siguió mordiéndose la uña.

Abigail bajó, frustrada.

—¿Y bien? —preguntó Hugo.

—Es una pequeña alimaña. Solo me ha dicho tonterías, así que prueba tú.

Hugo arrastró un viejo cubo y los dos se subieron en él.

La criatura estaba ocupada examinándose los dedos de los pies uno a uno y mordisqueándolos con delicadeza.

—¡HOLA! —gritó Hugo—. ¿PUEDES ENTENDERME?

La criatura bajó la pata sin prisa y los miró con sus grandes ojos almendrados.

—Chaval, te aseguro que mis orejas —las sacudió visiblemente— funcionan a la perfección.

Hugo miró a Abigail como preguntándole qué hacer y ella le dio un codazo para que continuara.

—Yo soy Hugo y ella es Abigail.

La criatura inclinó la cabeza.

—Yo soy Fetch. Es muy amable de vuestra parte que hayáis venido a visitarme.

—Parece inteligente —le susurró Abigail a Hugo—. Pregúntale si sabe cómo salir de aquí.

—Estamos atrapados, Fetch. ¿Sabes cómo podemos salir?

Fetch se rio, rodando por el suelo como si fuera la cosa más divertida que había oído jamás, hasta que finalmente paró y se incorporó para limpiarse las lágrimas que se le habían saltado de la risa.

—Chico, si lo supiera, ya me habría largado de aquí hace días. La comida es *terriiiiiiible*. —Se estremeció y su peluda cara verde se volvió de un tono morado.

—¿Qué has hecho para terminar aquí? —preguntó Hugo.

—Mi maestro, su Majestad, me envió a inspeccionar.

—¡Eres el espía de Odín! —Abigail lo reconoció al recordar las palabras de Hestera.

—¡Eres la criatura que está buscando Jasper! —exclamó Hugo al mismo tiempo.

Fetch agachó la cabeza.

—Pues sí, los dos tenéis razón, pero me temo que Jasper va a tener que esperar. Hestera ha jurado que me cortará la cabeza.

—Entonces tenemos que sacarte de aquí —dijo ella.

Hugo se giró para mirarla.

—Abre la puerta con tu magia.

Ambos bajaron del cubo. Hugo se hizo a un lado mientras que Abigail sacudía las manos y plantaba un pie con fuerza. Respiró hondo.

—*Fein kinter* —susurró.

Un cosquilleo familiar le recorrió el brazo al extender las manos y un fuego azul brotó de la punta de sus dedos y salió disparado hacia el cerrojo de hierro que colgaba de la puerta. Este se volvió rojo hasta que la cerradura explotó y cayó al suelo.

Fetch se agachó al otro lado de la puerta.

—No hay tiempo que perder, tenemos que darnos prisa —dijo, rozándolos al pasar por delante de ellos y subiendo los escalones con sus piernas larguiruchas.

Abigail y Hugo lo siguieron rápidamente. Al final de la escalera, el pasillo se bifurcaba.

—¿Por dónde es? —preguntó Hugo.

Fetch olisqueó el aire y señaló a la izquierda.

—Por aquí.

Corrieron por el pasillo, pero cuando llegaron a una esquina oyeron el eco de unos pasos amortiguados.

Fetch tiró de ellos hasta llevarlos a la sombra de un pequeño hueco excavado en la piedra. Se apretujaron contra la
pared; el frufrú de las faldas les llegaba cada vez con mayor
claridad.

—¡Esa alimaña verde va a contestar a mis preguntas o per-
derá la cabeza hoy mismo! —demandaba la voz chillona de
Hestera.

—Sí, señora. —La grave voz masculina parecía la de uno
de los guardias balfin. La espada rechinó cuando la sacó de su
vaina.

Ambos pasaron por delante de ellos sin verlos.

Cuando el pasillo quedó despejado, empezaron a correr.
Detrás de ellos, un agudo grito de rabia resonó cuando Hestera descubrió que su prisionero había huido.

Escaparon de las mazmorras y fueron a parar a un pasillo
exterior. Por suerte, no había nadie, pero Abigail seguía es-
tando en medio de la Fortaleza Tarkana con un chico balfin y
una peluda criatura verde que debía esconder, así que trató
de pensar. No podían llegar a los jardines sin cruzar el patio
totalmente abierto que había frente a las aulas.

—Por aquí —dijo, girando hacia los establos.

Se colaron por la puerta trasera. Dos mozos de cuadra estaban atando a un par de caballos a un carro lleno de restos
podridos de la cocina y otro lanzaba una lona sobre el montón de basura para que no se moviera.

—Tengo una idea —susurró Abigail—. Vosotros dos es-
condeos en el carro de abono y saltáis al salir de la fortaleza.
Yo tengo que volver a mi habitación antes de que Endera le
diga a Madame Vex que estábamos en las mazmorras.

—¿Quieres que nos metamos en eso? —preguntó Hugo,
observando el montón de basura apestoso.

—A no ser que tengas un plan mejor.

Hugo negó con la cabeza.

Fetch puso una de sus manos peludas en la mejilla de la chica.

—Me ha gustado verte otra vez, Abigail Tarkana.

—¿Otra vez? Pero si es la primera vez que te veo.

La pequeña y rara criatura se limitó a asentir.

Esperaron a que se marchara el otro mozo y entonces Fetch y Hugo corrieron hasta la parte de atrás del carro y treparon bajo la lona.

Abigail suspiró aliviada. Ahora tenía que darse prisa en llegar a su habitación y esperar que no la pillaran. Se deslizó por el pasillo, pegada a la pared y al amparo de las sombras. Cuando llegó a los dormitorios, trepó por la hiedra a toda prisa con las manos hasta desplomarse agotada en su habitación.

Por una vez, no tener compañera de cuarto le vino bien.

Se quitó la ropa desgarrada y sucia sin perder ni un segundo, la hizo un gurruño y la escondió bajo el colchón. Después, se puso un uniforme limpio, se peinó y se hizo dos trenzas. Se sentó al borde le cama y abrió su libro de Pociones Potentes.

El corazón le latía muy rápido, pero se quedó ahí sentada en silencio. Pasaba las páginas despacio, haciendo como que leía, cuando el retumbar de pasos anunció que tenía visita.

La puerta del dormitorio se abrió y apareció Madame Vex apareció con los ojos echando chispas. Endera y Nelly se asomaron detrás de ella y Glorian las alcanzó después, con la cara roja y jadeando por la falta de aire.

—Hola, Madame Vex —saludó con dulzura—. ¿Qué ocurre?

—Tú… —La directora parecía confundida al verla sentada en la cama tan tranquila—. Me han dicho que estabas en las mazmorras.

Abigail frunció el ceño.

—Las mazmorras están prohibidas, nos lo dijo el primer día. Siento haber ido a las marismas la semana pasada, pero

Endera se estaba portando mal conmigo y tuve que alejarme de ella. —Una lágrima le resbaló por la mejilla—. Pero he aprendido la lección. Llevo toda la tarde en mi habitación estudiando para la clase de Pociones.

—¡Mentirosa, te he visto! —gruñó Endera.

Abigail parpadeó, manteniendo su expresión inocente.

—No sé de qué me hablas. ¿No serías tú la que estaba en las mazmorras? ¿Dónde has estado *tú* toda la tarde, Endera?

La chica la miró boquiabierta.

—Está mintiendo —dijo Nelly—. La vi en el fondo de un agujero. Se cayó en una entrada secreta con ese chico balfin con el que siempre anda por ahí.

—Sí —añadió Glorian—. Podemos demostrarlo.

—¿Te refieres a revelar que sabéis dónde hay otra entrada a las mazmorras? —preguntó Abigail—. Estoy convencida de que Madame Vex querrá saber dónde está y qué estabais haciendo allí. A no ser, claro está, que os lo estéis inventando para meterme en líos. —Sonrió a Endera con dulzura y después continuó leyendo su libro.

—¿Y bien? —inquirió Madame Vex, alternando la vista entre ella y Endera—. ¿Hay o no hay entrada secreta?

Endera abrió la boca y después la cerró. Sin decir ni una sola palabra más, pasó enfadada junto a Nelly y Glorian y se marchó.

A Abigail le pareció que a Madame Vex estaba al borde del colapso.

—¡Endera Tarkana, ni se te ocurra huir de mí! ¡Te has ganado un mes de castigo!

Le echó una última mirada a Abigail, resopló indignada y cerró de un portazo.

Capítulo 14

El olor a basura podrida hacía que Hugo tuviera arcadas. Lo peor era que seguía esperando que un ejército de brujas cayera sobre ellos e hicieran explotar el carro. Fetch estaba a su lado, tarareando suavemente y en voz baja, como si no le preocupara nada.

El carro se detuvo y se oyó un fuerte estruendo al abrirse la compuerta. Entonces, las ruedas dieron una sacudida hacia delante: acababan de salir de la fortaleza. El alivio hizo que a Hugo le entrara flojera. Detrás de ellos, las campanas sonaban a modo de alarma, pero el carro continuó su camino.

Hugo fue contando los minutos mentalmente hasta que estuvo seguro de que estaban a una distancia segura de la Fortaleza Tarkana. Levantó un lado de la lona e inhaló aire fresco.

—Vamos —dijo—. Estamos cerca del linde del bosque. Nos podemos esconder ahí hasta que sea seguro ir a buscar a Jasper.

Hugo esperó a que Fetch saltara primero, después saltó él y cayó sobre la hierba alta. La carreta siguió avanzando. De repente, Fetch lo cogió por el cuello de la camiseta y lo arrastró de nuevo dentro del bosque. La pequeña criatura verde era mucho más fuerte de lo que parecía.

Antes de que Hugo pudiera oponerse a ese duro trato, un par de soldados a caballo aparecieron por el camino haciendo mucho ruido y detuvieron la carreta.

Los guardas balfin le gritaron al conductor, que parecía confundido. Abrieron de golpe la lona que cubría el montón de basura de la cocina en descomposición.

Los dos soldados hicieron ruidos de arcadas mientras removían la pila apestosa con sus espadas y después volvieron a colocar la lona. El conductor del carro levantó las manos, fustigó a los caballos y continuó su camino. Los soldados observaron los árboles, antes de volver a montar en sus caballos y volver a la fortaleza.

—Nos ha ido de un pelo —suspiró Hugo—. Ahora tenemos que ir hasta Jasper para que pueda llevarte bien lejos de este lugar.

Fetch se cruzó de brazos.

—Yo no pienso irme.

—Pero no te puedes quedar aquí. Si Hestera te encuentra, te va a...

—Sé lo que me hará —dijo calmado—. Le darás a Jasper un mensaje para que se lo lleve a mi señor, su Altísima Grandeza, el mismísimo Odín.

De mala gana, Hugo sacó su diario.

—¿Cuál es el mensaje?

—Es secreto. —Fetch extendió una mano peluda para cogerlo. Le dio la espalda a Hugo y garabateó una nota. Entonces, la dobló cuidadosamente cuatro veces y se la tendió—. Júrame que no la leerás, dame tu palabra.

—Lo juro —dijo Hugo y se guardó la nota en el bolsillo—. ¿Adónde vas a ir tú?

—Ah, estaré por aquí. Puede que te topes conmigo de vez en cuando. —Fetch saludó al chico y se metió a toda prisa entre los árboles, tarareando para sí mismo.

Hugo caminó fatigosamente por el camino que llevaba al pueblo. Se dirigió hacia los muelles para ir al barco de Jasper. Encontró al marinero en el mismo lugar, afilando su cuchillo. Se agachó para pasar por debajo de los aparejos y subió a bordo.

Jasper negó con la cabeza en silencio cuando Hugo abrió la boca para explicarle las noticias. El marinero lo guio bajo la cubierta y cerró la escotilla antes de coger al muchacho por el brazo.

—¿Y bien?

—Hemos encontrado a Fetch. Lo hemos rescatado de las mazmorras. Hestera iba a cortarle la cabeza.

—Si eso es verdad, ¿dónde está?

Hugo le tendió la nota.

—Me ha dicho que se quedaba y que tenías que llevarle esta nota a su señor.

Jasper le arrebató la nota, se la llevó a la nariz y la olisqueó.

—¿La has leído, chico? Lo sabré si me mientes.

Hugo negó con la cabeza.

—Fetch me ha hecho prometer que no lo haría.

El marinero asintió y se guardó la nota.

—Entonces, será mejor que me vaya, ya que mi pasajero no va a volver. —Abrió la escotilla, pero Hugo lo llamó.

—Espera. Nos prometiste que nos hablarías de la magia de Abigail si te ayudábamos.

Jasper se giró y dejó que la escotilla se cerrara.

—Es verdad. Y supongo que os lo habéis ganado. Esa bruja azul es especial.

—¿Es por su madre?

El viejo marinero hizo que no.

—No. Fue su padre el que convirtió su magia en algo especial.

Hugo frunció el ceño.

—Pero los balfin no tienen magia propia.

—Lissandra no se casó con un malvado balfin sin más. Se enamoró —dijo esta última parte con algo de asco.

Ahora Hugo sí estaba seguro de que Jasper mentía.

—Eso no es posible. Las brujas no aman nada. Está escrito en su código: «El corazón de una bruja está hecho de piedra» —citó.

—Lissandra era diferente. Siempre andaba por los bosques y miraba las estrellas. Solía verla aquí abajo, en el puerto, tirando pétalos en el agua. Así empezó todo. Un día, un marinero llegó a la costa sin recordar de dónde venía. Lissandra lo encontró y lo cuidó hasta que se recuperó.

Hugo lo apuntó en su diario.

—Entonces, ¿su padre era marinero?

Jasper alzó un dedo.

—No era un marinero cualquiera. Este tenía magia poderosa. Se la pude oler.

—¿Y qué sucedió?

Jasper acercó la cara.

—Ya he dicho bastante por hoy. Una advertencia, chico. Abigail no le puede decir a nadie que su magia es azul o las brujas sabrán que es hija de Lissandra. Correrá un grave peligro, el mismo que mató a su madre.

—Pero la echarán de la Academia Tarkana si no aprueba Encantamientos Espectaculares.

Jasper dudó, después asintió levemente.

—Creo que puedo darte algo para eso. Una recompensa por tu ayuda.

El marinero se sacó un colgante del interior de la túnica, se lo quitó por encima de la cabeza y se lo pasó a Hugo.

Una antigua piedra de color verde jade colgaba de un deslustrado cierre de plata.

—Es una esmeralda del mar —explicó Jasper—. Un regalo de mi padre, Aegir. Si invoca su magia, puede volver su fuego de color verde.

Capítulo 15

Lo mejor de que Endera y sus dos despreciables amiguitas estuvieran castigadas era que Abigail podría quedar con Hugo en los jardines al acabar las clases. Cuando terminó su última clase, fue dando saltos camino abajo hasta el bayespino; las trenzas rebotaban a su paso.

Levantó la vista hasta las ramas. Hugo no estaba. Se sentó a esperarlo abrazada a sus rodillas.

—Dios mío, cómo has crecido.

Abigail se asustó. Había una mujer sentada a su lado con las piernas cruzadas elegantemente. El pelo largo rubio claro le caía por la espalda. Vestía una túnica blanca, pero fueron los ojos lo que más le llamaron la atención. Eran de un color blanquecino que la dejó sin aliento.

La mujer sonrió.

—Lo sé, tengo un aspecto muy extraño. Soy Vor, la Diosa de la Sabiduría. Y tú eres Abigail.

Abigail no sabía qué decir.

—Eso es. ¿Qué... qué quiere de mí?

Vor sonrió y levantó una mano. Una paloma blanca bajó volando de un árbol y se posó en ella. La acarició con suavidad.

—Eres como esta paloma, Abigail. Todavía llena de esperanza y bondad.

Sopló sobre ella suavemente y las plumas le empezaron a cambiar, pasando de blanco a gris y después oscureciéndose hasta ser negras como la noche. El cuerpo aumentó de tamaño y el pico se le alargó hasta que se convirtió en un cuervo. Graznó desagradablemente a Abigail.

—Pero el mundo te puede cambiar si dejas entrar a la oscuridad —dijo Vor. La diosa levantó la mano y el cuervo salió volando, haciendo círculos en el cielo, soltando furiosos graznidos. Se giró para poner su ciega mirada sobre Abigail—. No debes permitir que gane la oscuridad.

Abigail apoyó la barbilla sobre las rodillas durante un buen largo. Algo había en sus palabras de Vor que sonaban muy ciertas.

—Cada vez que recito el Código de las Brujas, noto cómo me remueve —dijo flojito—. Como si intentara sacar de mí aquellas partes que sienten cosas. No me gusta.

—Entonces lucha contra ello —la urgió Vor—. No seas como el resto de las brujas.

Abigail levantó la cabeza.

—¿Cómo? Si quiero ser una gran bruja, tengo que aprender a ser como ellas.

—Puedes ser una gran bruja y también ser compasiva y amable. Puedes escoger ser diferente *aquí* —puso la palma suavemente sobre el pecho de Abigail—, donde importa.

A Abigail le dio un vuelco el corazón.

—¿Y si no quiero ser diferente?

Vor retiró la mano.

—Eso lo tienes que decidir tú. —La mujer se levantó ágilmente—. Odín me ha enviado para ofrecerte asilo, una oportunidad para crecer lejos de este lugar. O puedes quedarte y dejar que la oscuridad crezca en tu interior. Veo ambos caminos en el futuro. Ninguno de los dos es fácil y el más duro de todos es luchar contra aquellos que querrán hacer de ti su peón. Piénsalo detenidamente.

Vor cambió de forma; en su lugar aparecieron una docena de palomas blancas que se dirigieron hacia el cielo, batiendo las alas hacia el azul brillante.

Abigail contuvo la respiración hasta que la última paloma desapareció de su vista y luego soltó un largo suspiro. ¿Abandonar el aquelarre? El miedo le provocó que le subieran escalofríos por la espalda. No podía imaginar su vida fuera de ese lugar. Por muy horrible que fuera a veces, seguía siendo su hogar.

Las ramas crujieron por encima de su cabeza y Hugo cayó de forma extraña. Se sentó a su lado.

—¡Estás aquí! —exclamó él—. Estaba muy preocupado por ti. ¿Has tenido algún problema? ¿Te ha castigado Madame Vex?

Abigail se dio la vuelta y sonrió levemente.

—No, le he pagado a Endera con su misma moneda y la han castigado. No saben cómo ha escapado Fetch y nadie habla del tema.

Dudó si explicarle o no la visita de Vor. Sentía que era algo demasiado íntimo como para compartirlo, incluso con él.

—Tengo noticias sobre tu magia —le soltó.

—¿De verdad? —La emoción le agitó el pecho—. ¿Sabes por qué es azul?

—Bueno, no exactamente. Jasper está seguro de que tu madre era Lissandra, pero me ha dicho que no la heredaste de ella.

—No puede ser. Un balfin no puede haberme dado magia, tonto.

—Tu padre no era un balfin. —Le explicó la historia de Jasper sobre el marinero perdido.

—¿Mi padre era marinero? ¿Y dónde está ahora? ¿Sabe algo sobre mí? —Las palabras le salían atropelladamente.

—Jasper no me lo quiso decir, solo me dijo que tenía una magia muy poderosa. Me dijo que nadie puede enterarse de que tu magia es azul o sabrán que eres la hija de Lissandra. Y correrás el mismo peligro que ella.

Abigail alzó las manos.

—Pues entonces estoy acabada.

—Todavía no. —Le tendió una cadena de plata con una esmeralda grande—. Esto puede salvarte.

—Es muy bonito —susurró—, pero ¿para qué es?

—Es una esmeralda del mar. Jasper dice que si la llevas puedes usar su magia para cambiar a verde el color de tu fuego de bruja.

Se le iluminaron los ojos.

—Probémoslo.

Se puso el collar y alzó las manos haciendo un círculo sintiendo cómo se creaba la energía. Sacó las palmas hacia delante y la dejó ir.

En efecto, el fuego de bruja que expulsó era verde esmeralda, más brillante, incluso, que el de Endera.

—¡Funciona! —gritó dando saltitos de alegría—. ¡Ahora podré aprobar el examen de Encantamientos Espectaculares!

Hugo sonrió.

—Hay algo más. Fetch no se ha ido.

—¿Por qué no?

Hugo se encogió de hombros.

—No me lo ha dicho. Me ha hecho llevarle una nota a Jasper para que él se la pase a su señor, Odín.

—¿Y por qué querrá un dios tan poderoso como Odín espiar a las brujas? Tenemos que saber qué decía esa nota.

Hugo se movió, nervioso.

—¿Qué pasa?

El chico se puso colorado.

—Bueno, le prometí a Fetch que no leería la nota y no lo hice.

—¿Pero…? —le tanteó ella.

—Pero no le prometí que no intentaría descubrir qué había escrito. —Hugo sacó su diario. Cogió el lápiz y empezó a frotar la punta de grafito de un lado a otro de la página.

—¿Qué haces? —preguntó Abigail.

—Ahora lo verás.

Hugo sacó la lengua mientras trabajaba. Apareció una línea muy finita y después otra.

Cuando el papel estuvo totalmente cubierto de lápiz, lo sostuvo para que lo viera Abigail. Los trazos del lápiz revelaron unas palabras:

—¿Qué crees que quiere decir?

—No tengo ni idea, pero estamos haciendo progresos. Sabemos que tu magia procede de tu padre. Eso ya es algo.

—Eso es cierto. Gracias, Hugo. —Abigail sujetó con fuerza la esmeralda de mar; tenía una mirada brillante—. Me voy a buscar a Madame Arisa y a aprobar el examen de Encantamientos Espectaculares. ¡Deséame suerte!

Capítulo 16

El otoño vino y se fue; hizo bajar las temperaturas y dejó una capa de hielo por las mañanas. La vida en la Academia Tarkana era mucho más fácil para Abigail ahora que podía usar su magia. Aprobaba todas las asignaturas y rápidamente se convirtió en la alumna destacada de Madame Arisa en Encantamientos Espectaculares. Hugo y ella seguían quedando en el bayespino siempre que podían, aunque no habían descubierto nada más sobre su magia.

El día de Navidad se acercaba rápidamente, y Endera era la brujiza de primer año con mejores notas, seguida de cerca por otra aprendiz llamada Portia, la alumna más guapa de su clase. Abigail se estaba poniendo al día, pero a menos que sucediera un milagro, no tenía ninguna opción de ser Brujiza Principal.

Siguió a un montón de chicas a la clase de Animales, Bestias y Criaturas. A Abigail, la profesora de ABC, Madame Barbosa, le recordaba a un gato. Juraría que hasta tenía bigotes bajo la nariz y que, cuando le gustaba el trabajo de una alumna, hacía algo parecido a un suave ronroneo.

Abigail se sentó junto a Minxie, ignorando la mirada de Endera. Aún no la había perdonado por haber hecho que la castigaran. La ira de esta hizo que a Abigail se le dibujara una pequeña sonrisa mientras Madame Barbosa se ponía en su lugar al frente de la clase.

—Hoy aprenderemos a hechizar a una criatura salvaje. Las Tarkana han creado una jerarquía de criaturas. En la parte más baja están los rátalos, después van los verdugos, los trasgos, los Shun Kara y, por supuesto, la poderosa Omera.

Mostró el dibujo de una Omera. Tenía las grandes alas extendidas, un cuerpo cubierto de escamas brillantes y negro como la noche y un pico puntiagudo que terminaba en unos dientes afilados como cuchillas. La cola en forma de punta se le curvaba por encima del lomo, preparada para asestar un golpe mortal.

—Nadie puede domar a la poderosa Omera, excepto las brujas más fuertes. Os arrancarán la piel de los huesos antes que dejar que las montéis.

Abigail levantó la mano.

—¿Ha visto alguna vez un viken?

Madame Barbosa se quedó de piedra. Abrió la boca y luego la cerró.

—Abigail Tarkana, ¿por qué me preguntas algo así?

Abigail se encogió de hombros.

—He oído una historia en la que salía uno.

—Los vikens no existen, al menos ya no. Hace siglos, antes de que las Tarkana tuvieran el control del aquelarre, nuestra antepasada Vena Volgrim creó uno. Pero consideraban que era demasiado agresivo para controlarlo, incluso a manos de una Volgrim, así que lo sacrificaron.

Madame Barbosa se tocó suavemente la frente con un pañuelo de seda y volvió a sonreír.

—Ya está bien de hablar de bestias ancestrales. Primero, veamos las criaturas más simples. Observad.

Quitó una tela negra que cubría una jaula. Dentro, un verdugo que no dejaba de sisear mordisqueaba los barrotes, tenía las alas desplegadas. Los ojos rojos las observaban mientras una baba verde le goteaba de la boca abierta.

—Nunca toquéis la baba de un verdugo —las advirtió mientras se ponía un par de guantes—. Quema como el ácido. Para domar a este verdugo, debo recitar el encantamiento.

Madame Barbosa alzó una mano y la movió delante del roedor alado.

—*Melly onus, stella kalira.*

El verdugo dejó de sisear. Los ojos rojos se le volvieron vidriosos y se volvieron negros al dilatársele las pupilas.

Abrió la jaula, sacó a la criatura y la dejó encima de la mesa.

—Tráeme este trozo de tiza —dijo, señalando.

El verdugo voló por encima de sus cabezas hacia la pizarra obedientemente. Cogió la tiza con el pico y volvió para dejarlo en su mano. Lo acarició en la cabeza con los nudillos y lo volvió a meter en la jaula.

Madame Barbosa destapó otro verdugo salvaje.

—¿A quién le gustaría probar?

Muchas manos se levantaron.

—Endera, ¿por qué no pruebas tú?

Endera, con aire engreído, se levantó y se puso en posición, con las manos extendidas hacia delante.

—*Melly onus, stella kalira.*

El verdugo continuó siseando y escupiéndole.

—Vuelve a intentarlo, querida —dijo Madame Barbosa—. Más fuerte esta vez.

—*¡Melly onus, stella kalira!* —gritó.

El verdugo dejó de sisear y, lentamente, plegó las alas.

—Ahora, abre la puerta. Ve con cuidado, no lo toques.

Endera se acercó y, cuidadosamente, abrió el pestillo. El verdugo saltó hasta el borde de la jaula y esperó instrucciones.

Con una sonrisa maliciosa, Endera dijo:

—Tráemela a *ella*. —Se dio la vuelta y señaló a Abigail.

Abigail enderezó la espalda, no estaba segura de si lo había oído bien. Antes de que pudiera esconderse, el verdugo estaba dando vueltas por encima de su cabeza, bajó en picado hacia su cara y la cogió con las garras.

Abigail gritó, le dio un golpe y lo lanzó volando hasta el otro lado de la sala. El verdugo cayó sobre una jaula grande, la hizo caer de la mesa en la que estaba y se abrió. Salieron volando un montón de verdugos. Pronto, la sala estaba llena de verdugos chillones y chicas que gritaban.

Madame Vex entró de golpe en la clase.

—¿Qué significa esto? Esta es la segunda vez que ha interrumpido mi clase de Matemágicas.

Levantó el puño hacia el techo y una ráfaga crepitante de fuego de bruja salió de él. Eso hizo que los verdugos chillones buscaran refugio en las jaulas.

Se dio la vuelta para mirar a la clase.

—¿Qué clase de alumna de primer año no puede con un simple verdugo?

Madame Barbosa dio un paso adelante.

—Vale, vale, Madame Vex, solo estamos aprendiendo el primer encantamiento. Estoy segura de que pueden hacerlo mejor.

—Espero que lo demuestren.

—¿Qué le parece si organizamos una competición? ¿Para ver quién puede hechizar a la criatura más poderosa? —dijo suavemente Madame Barbosa.

—Sí, una competición —dijo Madame Vex—. Las enviaremos a las marismas para que capturen y domen a una criatura.

—¿A las marismas? —A Madame Barbosa le temblaba la mano—. ¿No es... peligroso para una alumna de primer año?

Madame Vex resopló.

—Este grupo rebelde parece capaz de apañárselas con cualquier cosa. Podernos aprovechar este reto para deshacernos de las menos capaces.

—¿Qué tipo de criatura? —preguntó Portia.

Madame Barbosa extendió las manos.

—Lo que sea que viva en la isla. Tendremos la presentación en, digamos, ¿tres días? —miró a Madame Vex.

La directora asintió.

—El resto de las clases se cancelará hasta que la competición haya terminado. La brujiza con la criatura más poderosa ganará suficientes puntos para ser declarada Brujiza Principal de la clase durante el resto del curso.

Las chicas empezaron a susurrarse las unas con las otras con entusiasmo; todas pensaban ya en el broche de la Brujiza Principal.

—Pero ya os aviso. —Levantó un dedo—. Si no conseguís capturar una criatura, se os expulsará inmediatamente.

Eso hizo que se acabara el charloteo.

Una mezcla de temor y emoción sacudió a Abigail cuando se acabó la clase. Ser la Brujiza Principal era como ser la chica más popular de la escuela. Podía verse a sí misma entrando elegantemente en el comedor llevando el broche y que todas las chicas quisieran sentarse con ella.

Lo único que tenía que hacer era ir a las marismas y… de repente, una oleada de miedo se apoderó de ella. ¿Ir a las marismas en las que estaba el viken? Se movió nerviosa en su silla. Debería contarle a Madame Barbosa que ahí había una bestia. Las chicas estarían solas en las marismas. Pero si decía algo, seguro que Madame Barbosa se lo contaría a Madame Vex y eso suscitaría más preguntas.

Con los pensamientos hechos un lío, salió de la clase y se chocó con Calla en la entrada.

—Entonces, ¿tenía razón? —la voz de la brujiza sonaba indiferente.

—¿Sobre qué?

—¿Te pidió tu amiguito balfin algo de magia?

Abigail se enfadó.

—¿Y qué si lo hizo?

—Eso demuestra que tengo razón. Solo le gustas porque tienes magia. —Se dio media vuelta y se fue contoneándose.

Capítulo 17

Las diecinueve alumnas de primer año se reunieron en los jardines en los que Abigail solía quedar con Hugo. Madame Barbosa les estaba dando a algunas chicas las últimas instrucciones antes de enviarlas a las marismas para encontrar a las criaturas. Abigail trataba de reunir el valor para hablar con Madame Barbosa y decirle lo del viken cuando Endera se le plantó delante.

—Voy a ganar, lo sabes.

—¿Y eso quién lo dice? —contestó Abigail.

—Yo lo digo. Estás demasiado ocupada yendo a todas partes con ese chico balfin para ser una bruja en condiciones. Como si fuera tu mejor amigo… Ah, claro, que es tu único amigo.

Las chicas se acercaron al darse cuenta de que habría pelea.

—No es mi amigo —dijo Abigail acaloradamente—. Solo es un chico molesto que no tiene magia propia y quiere robarme la mía.

—Aun así, vas a perder —dijo Endera.

—Bueno, pues tengo la intención de ganar —anunció Abigail.

Lo tenía todo planeado. En las marismas había verdugos por todas partes. Los roedores alados anidaban en todos los árboles. No solo encontraría un verdugo, sino dos, y los hechizaría y entrenaría para que le llevaran la mochila.

A Endera le brillaban los ojos de rencor.

—Pues hagamos una apuesta, entonces.

—Haz que sea tu criada durante un mes —sugirió Glorian.

—Sí, te puede planchar el uniforme y sacarle brillo a tus botas —coincidió Nelly.

Pero Endera hizo un ademán para que callaran.

—Si gano yo, tendrás que darme ese collar con la esmeralda que nunca te quitas. —Miró atentamente la larga cadena que Abigail llevaba al cuello.

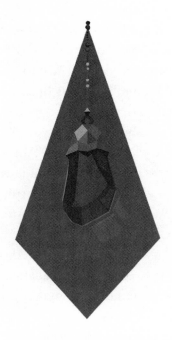

Esta agarró la esmeralda y se la metió dentro del vestido para que estuviera a buen recaudo.

—No.

—¿No? —Endera arqueó una ceja—. ¿Porque no crees que puedas ganar?

—No. Es que...

—Acéptalo, Abigail, vas a perder y lo sabes. Perdedora, perdedora... —se burló.

Abigail le dio un empujón.

—No voy a perder.

Endera se puso roja, pero no le devolvió el empujón a Abigail.

—Entonces, acepta la apuesta.

—¿Y qué me llevo yo si gano? —preguntó Abigail. Se le había olvidado ya la intención de avisar a Madame Barbosa.

Endera se rio de forma mordaz.

—No vas a ganar, pero ya que estamos apostando, pues... —Se puso un dedo en la barbilla mientras pensaba sobre ello—. Ya lo sé. Dejaré que comas con nosotras durante un mes. Es mejor que sentarte sola cada día.

A Abigail la consumió la vergüenza. Estaba a punto de decirle a Endera que se fuera a freír espárragos cuando Calla la apartó.

—Si gana ella, se quedará con tu libro de hechizos —dijo Calla—. El que te dio tu madre.

Abigail dio un respingo, al igual que el resto de las chicas. El libro tenía un valor incalculable. Endera no se arriesgaría a perderlo.

Endera se quedó blanca como el papel, pero le soltó:

—Preocúpate de tus asuntos, imbrújil. Ni siquiera deberías estar aquí.

Calla le dio un golpecito con el codo en el costado a Abigail y algo cambió en ella.

—¿Qué pasa? ¿Tienes miedo de perder? —la imitó Abigail—. Perdedora, perdedora...

Se hizo un silencio sepulcral. Todas las brujizas esperaron a que Endera encontrara la manera de hacer que Abigail retirara lo que había dicho, pero, por primera vez, la chica se había quedado en blanco.

Endera entrecerró los ojos de odio.

—De acuerdo. Pero no ganarás, Abigail.

Madame Barbosa se acercó al grupo, dando palmadas.

—Venid, mis pequeñas brujizas, acercaos. —Miró hacia arriba con esos ojos de gato que brillaban por la emoción—. Qué día más emocionante para entrar en las marismas —dijo suavemente—. Tengo muchas ganas de ver lo que traéis, aunque yo no me acercaría demasiado a esos desagradables verdugos. No hacen caso. —Negó con la cabeza al recordar algo—. Pero, ganéis o perdáis, debéis presentar vuestra criatura aquí pasado mañana o suspenderéis mi asignatura.

Chasqueó los dedos y se abrió la puerta.

—Recordad: si tenéis problemas, lanzad hacia arriba un rayo de fuego de bruja. Una de vuestras profesoras os ayudará. Buena suerte a todas.

Una a una, fueron desfilando y se adentraron en las marismas. Abigail se alejó de las otras chicas, dispuesta a encontrar a los verdugos rápidamente para poder empezar a entrenarlos. Empezó a buscar entre las ramas la señal más identificativa, los ojos relucientes, cuando una chica salió de entre los árboles.

—¡Calla! —dijo Abigail sorprendida—. Pero ¿qué haces aquí?

—Tienes que ganar, Abigail. —Calla sujetó a Abigail por el brazo tan fuerte que le hizo daño.

—Eso pienso hacer. Estoy buscando un par verdugos bien grandes.

—No bastará con un par de verdugos. Endera lleva semanas domando a un lobo Shun Kara.

La desilusión abrumó a Abigail. Con razón la chica estaba tan segura de que su victoria.

—Bueno, es mi problema, no el tuyo —dijo Abigail, tirando del brazo—. Déjame que fracase.

Se adentró más en las marismas hasta que las copas de los árboles eran un denso toldo sobre su cabeza. Unos hilillos de vapor se levantaban del suelo pantanoso y las botas resbalaban le en el barro. Cuando estuvo segura de estar sola, Abigail se apoyó en el tronco de un árbol ennegrecido. Con la mano tocó la esmeralda de mar y se la quitó para examinarla. No soportaría perderla. Significaría el final de sus días en la Academia Tarkana.

Se le erizó el vello de la nuca, como si unos ojos la observaran. Alguien, o algo, la estaba vigilando.

—¿Calla? ¿Eres tú? —la llamó, mirando a su alrededor.

Las marismas se habían quedado en silencio. Los verdugos que colgaban de los árboles no chillaban. Hasta los insectos más ruidosos habían dejado de zumbar. Oyó un ruido grave y profundo, como si algo grande inhalara y exhalara. Algo que estaba muy cerca.

Justo detrás de ella, en realidad.

Abigail se giró lentamente. El corazón le latía descontrolado al tiempo que entrevió el contorno de una sombra enorme que la acechaba entre los arbustos. Dio un paso atrás con cuidado. Si no hacía ruido, quizá pudiera escapar. Dio otro paso y notó que un palo se doblaba bajo su bota. Intentó detenerse, pero era demasiado tarde: el palo crujió fuertemente y se partió en dos.

Con un fuerte rugido, el viken saltó delante de ella.

—*Melly onus, stella kalira* —gritó Abigail, que esperaba hechizarlo para someterlo.

Pero la bestia rugió más fuerte. El aliento fétido la envolvió al acercarse. Un hilo de baba le colgaba de la boca.

Lanzó un rayo de fuego hacia el viken. El primero le dio justo en el centro del pecho, la bestia aulló y saltó hacia atrás.

Volvió a disparar una y otra vez mientras la bestia daba vueltas a su alrededor, intentando encontrar la manera de llegar hasta ella.

El brazo se le cansó rápidamente. La magia de ese tipo era agotadora. El viken conseguía zafarse del fuego y estuvo tanteándola y jugando con ella hasta que su fuego de bruja empezó a fallar.

Una sombra oscura ocultó el sol y un chillido agudo llenó el aire. Abigail miró hacia arriba, sorprendida. Lo que bajó volando hasta ellos era una criatura aterradora que tenía escamas lisas y negras como el carbón. El pincho al final de la larga cola podía atravesarla de un solo golpe y del pico le sobresalían unos dientes relucientes. Aguantó la respiración al reconocerla de la imagen de Madame Barbosa: una Omera.

¿Cómo se habían torcido tanto las cosas?

Cerró los ojos cuando la criatura abrió la boca, segura de que le arrancaría la cabeza.

Con las garras afiladas la cogió por los hombros y la elevó en el aire. La levantó por encima de las oscuras marismas, fuera del alcance de las peligrosas mandíbulas del viken.

Capítulo 18

Hugo se quedó sentado en el bayespino mucho después de que las brujizas se hubieran adentrado en estampida en las marismas. Las palabras de Abigail le habían herido profundamente: *No es mi amigo, solo es un chico balfin molesto que quiere robarme la magia.*

¿Era eso lo que realmente pensaba de él?

Abigail tenía que saber que no era solamente su amigo para conseguir magia. Se frotó el moretón que tenía en el brazo, el que Emenor le había hecho aquella misma mañana. Su hermano se estaba impacientando. Aun así, Hugo prefería recibir una paliza a perder la amistad de Abigail.

Bajó del árbol y siguió a las aprendices, manteniéndose a una distancia segura. Se escondió detrás de un tronco al cruzarse con la más robusta, Glorian. Intentaba convencer a un polluelo de verdugo para que saliera del nido y se metiera en la caja. El verdugo, que lloraba lastimosamente por su madre, le mordió un dedo a Glorian y la hizo gritar.

Pero ¿dónde estaba Abigail?

Había pares de huellas en todas direcciones. Conociendo a Abigail, se alejaría todo lo posible de las otras brujizas. Observó un único par de huellas que se adentraban en lo más profundo de las marismas.

Las siguió. Se mantenía al amparo de los troncos de los árboles para esconderse de las brujizas que iban pasando por ahí. Después de andar varios minutos, las marismas se volvieron extrañamente silenciosas; solamente se oían los chillidos de los verdugos.

Hugo nunca se había adentrado tanto en ese terreno pantanoso. Era casi de noche. Las ramas muertas, nudosas y retorcidas, estaban tan juntas que casi no dejaban pasar nada de luz.

Carraspeó, preparado para llamar a Abigail, cuando la oyó gritar.

—Abigail, ¡ya voy! —gritó él y empezó a correr. Pero cuando llegó al lugar, no había nadie—. ¿Abigail? ¿Dónde estás? —la llamó. Había pisadas de garras que se extendían por todo el suelo lodoso. Vio algo que brillaba. Se arrodilló y escarbó en la tierra húmeda.

La esmeralda de mar de Jasper. Se le debía de haber caído al atacarla.

—No está aquí —dijo una voz rasposa.

Hugo se giró.

—¡Jasper! ¡Has vuelto!

—Sí. Hemos estado rastreando al viken. No deberías estar aquí solo.

Detrás de él, apareció Fetch, retorciéndose las garras verdes.

—Venga, no hay tiempo que perder —dijo Fetch con un ademán—. Debemos rescatar a la bruja azul antes de que sea demasiado tarde.

La pequeña criatura se dio la vuelta y echó a correr hacia el bosque.

—¿Vienes, chaval? —Jasper lo miraba con sus duros ojos azules.

—¿Adónde vamos? —preguntó Hugo—. Tengo que estar en casa a la hora de la cena.

El marinero le puso una mano en el hombro.

—Allí donde vamos, no nos espera la cenar. Solamente hay marismas traicioneras, ciénagas de arenas movedizas y trasgos salvajes. No te culparé si te das media vuelta y te vas a casa. No eres más que un niño.

A Hugo le latía el corazón con fuerza. Quería volver a casa y comerse el pudin de higos de su madre. Dormir en su cama. Incluso quería que Emenor le pegara por usar su medallón.

Pero, en lugar de hacerlo, asintió a Jasper.

—Me apunto.

Porque Hugo no pensaba abandonar a Abigail, aunque ella lo hubiera abandonado a él.

Capítulo 19

Abigail mantuvo los ojos cerrados mientras el viento le azotaba el rostro. Las garras de la Omera se le clavaban en los hombros, pero solo lo bastante para sujetarla.

—Bájame —gritó por enésima vez, golpeándole en las patas escamosas. Había escapado de un monstruo para que otro la atrapara.

La bestia siguió batiendo las alas, ignorando sus ruegos.

Abigail miró a su alrededor, intentando ver hacia dónde iban, pero una capa de niebla cubría las marismas. Mientras continuaban volando, la niebla espesa pasó a ser neblina y Abigail vislumbró un pico que se alzaba en la lejanía. Ese era el extremo este de la isla de Balfour, un lugar salvaje e indómito lleno de lobos Shun Kara que deambulaban por la zona, manadas de trasgos y otras criaturas espantosas.

La Omera voló incesantemente hasta llegar al pico. Una vez allí voló hacia arriba, hacia un acantilado escarpado hasta que llegó a un saliente de piedra. La soltó, haciéndola caer, y aterrizó junto a ella con un chirrido de las garras.

Abigail se raspó las rodillas con la piedra áspera, pero no tenía nada roto. Se puso de pie con las piernas temblorosas y miró a su alrededor. Casi se desmaya al ver la altitud a la que se encontraban.

La Omera resopló y le echó el vapor que le salía de los agujeros de la nariz.

—¿Qué quieres? —dijo ella, herida y dolorida—. ¿Por qué me has traído aquí?

La Omera movió la cabeza hacia un montón de palos. No, no era solo un montón de palos. Era un nido.

—¿Quieres que mire dentro? —preguntó Abigail, pero se echó atrás al ocurrírsele un pensamiento horrible—. ¿O es que soy la próxima comida de tus crías?

La criatura volvió a resoplar y gimoteó.

Abigail suspiró.

—Vale. Supongo que si hubieras querido comerme ya lo habrías hecho. —Se acercó al nido. El revoltijo de palos y musgo era más alto que ella. Dio un paso metiendo el pie entre las ramas torcidas y echó un vistazo en su interior.

En el interior había dos crías negras que acababan de salir del cascarón, boqueando hacia ella con las fauces bien abiertas. Los dientes de leche ya estaban afilados. Había un tercer huevo que todavía no había eclosionado.

Miró a la Omera.

—¿Qué quieres que haga?

La Omera saltó dentro del nido, empujó el huevo sin eclosionar hacia Abigail y esperó.

Era una locura, pero parecía que la Omera quería que ella hiciera algo con el huevo. Abigail trepó hasta el borde del nido con cuidado y se sentó con las piernas colgando. Las dos crías intentaron mordisquearle los tobillos, pero la mamá Omera les gruñó. Ellos dieron unos gritos y se escondieron detrás de ella.

Abigail bajó lentamente hasta el interior del nido. Estiró la mano y tocó el huevo sin eclosionar. La cáscara era sorpren-

dentemente cálida al tacto. Se arrodilló más cerca y puso una oreja sobre la superficie moteada. Escuchó.

Pom, pom.

Pom, pom.

Sorprendida, alzó la mirada hacia la Omera.

—Tu bebé sigue vivo.

A la Omera le brillaban los ojos como si fuera a llorar.

—Eres todo amor, ¿verdad? —dijo Abigail—. ¿Por qué no rompe el cascarón tu polluelo?

La Omera se acomodó y puso la escamosa cabeza sobre las garras, mirando el huevo con anhelo.

—No lo sabes, claro —supuso Abigail—. Y estás preocupada. —Rodeó el huevo, observándolo desde todos los ángulos—. Pero ¿por qué me has traído hasta él?

Uno de los polluelos decidió que Abigail era un tentempié demasiado sabroso como para resistirse, salió disparado de detrás de su madre e intentó darle un mordisco en la pierna. Instintivamente, Abigail le lanzó una ráfaga deslumbrante de fuego azul de bruja. Golpeó al bebé Omera, pero no lo hirió.

La madre Omera no dudó en sacar a la cría del nido de un golpe de cola; el pequeño aterrizó quejumbroso en el saliente de piedra con un golpe sordo.

La mamá Omera movió la cabeza hacia el huevo y después hacia las manos de Abigail.

Abigail se las miró.

—¿Quieres que use mi fuego de bruja en el huevo? ¿Por eso me has cogido? Pero ¿y si le hago daño?

La Omera gimió, soltó un sonido largo y profundo.

Incluso Abigail lo entendió.

—Si no hago algo, morirá de todos modos.

La Omera parecía contenta. Esperó con los talones clavados alrededor de las ramas. Detrás de ella, las otras crías miraban con ojos curiosos.

Abigail volvió al huevo y puso las manos sobre él otra vez.

Pom, pom.

Negó con la cabeza.

—No estoy segura de poder ayudarte. Lo siento.

La Omera soltó un gruñido bajo y Abigail la miró a los ojos. Leyó el mensaje bien claro.

Dependía de ella sacar a la cría o no saldría del nido.

Capítulo 20

A Hugo se le hundió la bota en el lodo espeso, pero estaba tan cansado que le costaba lo suyo liberar el pie. Los insectos le picaban en el cuello y le dejaban unos habones urticantes. Jasper y Fetch iban en cabeza hacia las marismas, vigilando por dónde pisaban.

—No te quedes atrás, chico —dijo Jasper por encima del hombro—. Y cuidado con las ciénagas de arenas movedizas. No querrás que se te traguen, ¿no?

Hugo suspiró, con los hombros caídos, tiró de la bota para liberarla e intentó seguir el ritmo.

La noche anterior habían acampado en una loma cubierta de hierba y rodeados de agua turbia y oscura. Los animales que reptaban y los chillidos de las aves nocturnas le impidieron dormir bien. Estaba seguro de que una manada de trasgos iba a arrasar el campamento en cualquier momento. Entonces, se le metió algo por debajo de la camiseta, que lo hizo chillar de miedo.

Jasper le saltó encima, le tapó la boca con una mano y le avisó de que el siguiente grito sería el último. Después de eso, Hugo ya no pegó ojo. Por eso se notaba los ojos como papel de lija y apenas podía dar un paso más.

Se preguntó si sus padres estarían preocupados por él o si se imaginarían que andaba por ahí en una de sus aventuras científicas. Ya había pasado la noche en el bosque antes, pero siempre les había dicho a dónde iba.

Intentó levantar la bota, pero esta vez no se movió. Tiró del cuero para intentar liberarla del pesado barro.

—Esperad —les gritó, tirando con más fuerza. Se le salió el pie de la bota y cayó de culo sobre el barro. El agua fría le caló la ropa y lo empapó hasta el tuétano. Y la cosa fue a peor: cuando levantó la vista, el marinero y la alimaña verde habían desaparecido de la vista.

Genial. Lo habían abandonado. Las lágrimas de frustración le ardían en los ojos.

Hugo se ayudó de ambas manos para sacar la bota del barro. Al final se soltó con un fuerte chapoteo que le lanzó barro en la cara y le manchó las gafas. Metió el pie en la bota tratando de no pensar en el barro frío que tenía entre los dedos de los pies. Se quitó las gafas y se las limpió con la manga.

Una figura borrosa apareció delante de él. Jasper debía de haber vuelto a por él.

—Estoy aquí —dijo y se puso las gafas.

Deseó no haberlo hecho. No era Jasper quien tenía en frente.

El viken tenía la cabeza agachada y con una pata arañaba el lodo espeso.

—Tranquilo —dijo Hugo dando un paso atrás—. Será mejor que no me comas. Solo soy piel y huesos.

El viken avanzó, fulminándolo con la mirada. Gruñó y dio un mordisco al aire.

—Probablemente tengo un sabor horrible —siguió parloteando—, como a carne de cordero pasada de fecha.

Al oír la palabra «cordero», el viken sacó la lengua rosada, que se le quedó colgando de la boca, y le empezó a gotear un hilo de baba.

Hugo trató de pensar en algo. Era científico y solucionar problemas era su fuerte. Problema: el viken estaba a punto de matarlo. Solución: parar al viken antes de que lo alcanzara.

Pero ¿cómo? No tenía ninguna arma ni ninguna manera de pelear con la bestia.

Dio un paso vacilante hacia atrás y estuvo a punto de perder el equilibrio. El pie izquierdo se le hundió hasta la rodilla antes de caer de frente sobre las manos. Giró la cabeza y miró detenidamente el suelo. Jasper ya lo había avisado sobre las ciénagas de arenas movedizas. Este parecía tener un metro y medio de ancho. El barro era amarillento y homogéneo por encima.

Hugo dio un buen paso hacia un lado y se movió despacio alrededor de la ciénaga hasta que esta quedó entre él y la bestia peluda. Estiró el brazo y agarró un palo grueso.

El viken lo acechaba más de cerca con la mirada fijada en Hugo.

—Por favor, no me comas —rogó él, no le hacía falta fingir miedo—. Solo soy un chico indefenso.

Las rodillas le temblaban y se agachó para arrodillarse al borde de las arenas movedizas, con lo que se convirtió en una presa fácil. El viken sonrió ampliamente y abrió la boca, preparándose para el festín. Hugo cerró los ojos cuando la bestia saltó… cayó en el centro de la ciénaga y lo llenó de barro amarillo.

Cuando abrió los ojos, el viken estaba hundido hasta los hombros. Pateaba con furia en la superficie y daba zarpazos para moverse hacia un lado. Aullaba horrorizado. Hugo se levantó y con el palo lo empujó en el pecho para hundirlo.

La bestia rugió y agarró el palo endeble con las poderosas mandíbulas. Lo partió en dos, pero el peso de las arenas movedizas impidió que saliera y el viken empezó a hundirse. Primero desaparecieron los hombros, después la cabeza y, por último, la punta del hocico. Con una fuerte erupción de aire, la ciénaga se lo tragó entero.

Hugo se dejó caer con alivio cuando Jasper salió de entre los árboles.

—He oído los aullidos. ¿Qué era, chaval?

—El viken. Quería atacarme, pero lo he engañado para que saltara dentro de la ciénaga —dijo. Le castañeteaban los dientes del miedo.

Jasper sacó la mano y lo ayudó a incorporarse.

—Bien hecho, chaval. Pero no hay tiempo que perder. Hemos encontrado a la bruja azul.

Capítulo 21

Después de pasarse la noche temblando en un rinconcito del nido, Abigail se levantó cansada y hambrienta. Había lanzado magia al huevo obstinado una y otra vez, pero por mucho que lo intentara, la magia no había hecho ni un pequeño rasguño en la cáscara moteada.

Ojalá estuviera Hugo allí. Sacaría su fiable diario y daría con una solución para abrir el huevo, porque ella no tenía ninguna.

Tenía sed. Salió del nido y se acercó a un hilillo de agua que se filtraba entre las ramitas. Puso la mano en forma de cuenco y bebió con ganas; después se echó agua a la cara para limpiarse un poco. Se le habían deshecho las trenzas y había perdido una de las gomas, así que se arregló el pelo como pudo y se hizo una coleta.

Por el rabillo del ojo, vio que la Gran Mamá, la madre Omera, la estaba observando.

Las dos crías estaban durmiendo. Abigail llamó Vexer a la desagradable que no paraba de mordisquearle los tobillos, por la directora, y a la simpática la apodó Waxer.

Se dio la vuelta para mirar al sol y se dejó acariciar por sus rayos. Necesitaba algo que potenciara su magia, algo que la amplificara. Pero ¿qué?

Si tuviera la esmeralda de mar de Jasper, la podría ayudar.

Waxer se le acercó andando como un patito con sus patas larguiruchas y le dio un toquecito con la cabeza. Ella le rascó la escamosa nariz negra.

—¿Alguna idea? —preguntó. La cría alzó la mirada y la miró con los ojos color ébano y espiró suavemente. Ella suspiró—. Ya, yo tampoco.

Se cruzó de brazos y se apoyó contra la piedra. Empezó a soñar despierta. Imaginaba que estaba sentada bajo el bayespino, riendo con Hugo.

—Abigail.

Ella sonrió sin abrir los ojos. Ahora sí que imaginaba cosas. Era como si Hugo la estuviera llamando. Quizás el hambre le estaba provocando alucinaciones.

—¡Abigail!

Abrió los ojos de golpe. Ese grito no se lo había imaginado. Era la voz de Hugo, apenas audible, pero, definitivamente, estaba cerca.

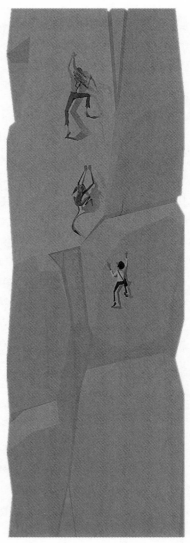

Corrió al saliente y se asomó. Casi le dio un síncope. Subiendo por la pared del acantilado encontró a un trío inusual encabezado por Jasper, que iba trepando con los brazos huesudos. Detrás de él, Fetch, el diablillo, saltaba de roca en roca. Después iba Hugo.

Este la saludó con la mano. Ella quiso devolvérselo, pero, en lugar de hacer eso, gritó; se puso las manos a ambos lados de la boca para que su voz llegara más lejos.

—¿Estás loco? ¿Y si te caes?

Pero esbozó una sonrisa tan grande que le dolió la cara.

Había venido a por ella. Por alguna razón, eso le hizo tener ganas de cantar.

La Gran Mamá no estaba tan contenta con aquella visita. Se lanzó desde el saliente y planeó haciendo un círculo, plegó las alas y cayó en picado hacia los intrusos.

Abigail los avisó con un grito, pero Hugo sostenía algo brillante en la mano.

Era la esmeralda de mar. La luz del sol le dio de la forma adecuada y envió un haz de luz verde que cegó a la Gran Mamá. La Omera retrocedió, batiendo las alas, y se alejó para hacer otro círculo.

—¡Daos prisa! —gritó Abigail—. Antes de que vuelva.

Vexer se aprovechó de la distracción de Abigail y la mordisqueó en la pantorrilla. Esta se dio la vuelta y le dio con un rayo de fuego de bruja lo bastante fuerte para hacer ulular a la cría.

—¡Haz eso otra vez y te achicharraré la cola!

El polluelo se escondió detrás del nido.

Waxer caminaba a su lado, animándola con su gorjeo. El trio de rescatadores estaba cerca. Jasper apoyó el codo en el saliente. Abigail lo cogió por los hombros y lo ayudó a subir.

Después llegó Fetch. La criatura dio una voltereta ágilmente hacia arriba y cayó sobre las dos patas.

Abigail volvió a por Hugo, pero el chico se había quedado paralizado allí donde estaba, fuera de su alcance. Levantó la cabeza y vio la razón.

Otra Omera iba directamente hacia él. Era una distinta, más grande y de hombros fornidos. Sus dientes serrados brillaban bajo la luz del sol. Abigail no podía estar segura, pero tenía el presentimiento de que se trataba del Gran Papá.

Batía las alas con fuerza y rugió mientras estiraba la cabeza, con la boca abierta, preparado para devorar a Hugo de un solo bocado.

—¡Noooo!

Abigail clavó los pies en el suelo y extendió las palmas hacia delante, decidida a salvar a su amigo. Un firme haz de luz azul salió de ellas. Aunque su magia era cada vez más fuerte, el chisporroteo ni siquiera afectó la gruesa piel de la Omera. La bestia voladora seguía acercándose.

Jasper se asomó por el saliente.

—¡Rápido, chico, dame la mano!

Hugo se espabiló y trepó un poco más para alcanzar la mano de Jasper, que se estiraba hacia él. El marinero tiró de él hacia arriba de una sola vez.

Se apiñaron en el saliente cuando la gigantesca Omera se abalanzó sobre ellos. No tenían dónde esconderse ni a dónde huir. Estaban condenados a morir.

Entonces, Waxer se puso torpemente delante de ellos y extendió sus débiles alas, abrió la boca y graznó a su padre.

La gran Omera abrió los ojos, sorprendida. Intentó detenerse, pero se acercaba demasiado rápido. Viró por encima de sus cabezas y chocó con la pared del fondo, desplomándose en el suelo con un fuerte ruido sordo.

—¡Waxer, nos has salvado! —Abigail abrazó al polluelo de Omera.

—¿Y yo no recibo ningún abrazo?

Hugo tenía el rostro rojo y sudoroso. Llevaba el uniforme de la escuela hecho jirones y estaba cubierto de barro. Un arañazo le cruzaba la mejilla y llevaba las gafas torcidas. Tenía un aspecto horrible, pero Abigail nunca se había alegrado tanto de ver a alguien.

Lo abrazó y lo estrujó muy fuerte.

—No puedo creer que hayas venido a rescatarme.

—¿Cómo no iba a venir? Eres mi mejor amiga. —Apartó la mirada—. Esto… oí lo que dijiste. A las otras chicas.

—¿Me oíste? —gimió—. Siento haber sido tan tonta.

—No pasa nada. siempre que… esto… no lo dijeras en serio. ¿Iba en serio? —Le lanzó una mirada esperanzada.

Ella le dio un golpecito en el brazo.

—No seas bobo, tontaina.

Jasper puso una mano en el hombro de Abigail.

—¿Estás bien, niña? ¿Te han hecho daño?

Ella negó con la cabeza.

—La Gran Mamá quiere que ayude a uno de sus huevos a eclosionar, pero hasta ahora mi magia no le ha hecho ni un rasguño.

—Bueno, más nos vale pensar en algo rápido antes de que esa Omera gigante recobre la consciencia —dijo Hugo—. No creo que sea demasiado indulgente.

La Gran Mamá caminaba por el saliente, vigilando a los extraños con cautela mientras llamaba a sus crías. Waxer se alejó de Abigail, le dirigió una mirada triste por encima del hombro y se fue caminando torpemente. La Omera, protectora, hizo que las crías se pusieran detrás de ella.

Pero ¿dónde estaba Fetch?

El huevo sin eclosionar de la Omera, con manchas azules y del tamaño de una roca pequeña, apareció en lo alto del nido. Detrás de él, Abigail podía ver cómo Fetch lo empujaba con sus brazos esqueléticos. El huevo se balanceó, cayó y golpeó el saliente de roca. Rebotó dos veces y rodó peligrosamente hasta el borde.

La Gran Mamá entró en pánico, salió corriendo hacia delante, pero Hugo se lanzó y lo cogió con ambas manos. Detuvo el valioso huevo antes de que cayera.

Se oyeron varios suspiros de alivio.

La Omera dio un empujoncito al huevo para llevarlo al centro del saliente y se sentó a su lado. Tenía una mirada más preocupada que antes.

Abigail puso las manos sobre la cáscara. Todavía estaba caliente, pero… puso la oreja y escuchó con atención.

Pom…

Pom…

El latido se estaba ralentizando.

Miró al marinero.

—Por favor, tenemos que hacer algo.

Jasper se frotó la barbilla.

—¿Dices que tu magia no puede abrirlo?

Abigail hizo que no con la cabeza.

—Y he probado lanzando fuego de bruja una y otra vez.

Jasper frunció el ceño.

—Niña, esa no es la única magia que tienes. Tienes que ahondar un poco más. Tienes que encontrar tu verdadera magia. La magia de tu padre.

—¿De qué hablas? —preguntó Abigail.

Jasper respiró profundamente.

—Hace mucho tiempo, el poderoso Thor viajaba por el gélido norte con un compañero, un gigante llamado Aurvandil el Valiente. Thor lo llevaba en un cesto cargado a la espalda. A Aurvandil se le quedó un dedo del pie fuera y se le heló. Thor lo rompió, lo lanzó al cielo y se convirtió en la estrella que llamamos Rigel.

A Abigail le daba vueltas la cabeza, confundida.

—¿Qué tiene eso que ver con mi magia?

—El marinero que llegó a la costa se llamaba Rigel. Abigail, creo que tu padre es el lucero del alba. La prueba la tenemos en tu fuego de bruja. Arde con el mismo azul cerúleo que tiene la estrella.

—Pero ¿cómo es posible? —preguntó Hugo.

—Con los dioses todo es posible —dijo Fetch con un dedo en el aire. Tomó la mano de Abigail entre sus patas suaves—, pero solamente si crees.

—Solía ver a tu madre andando por la costa, mirando a las estrellas —añadió Jasper—. No sé qué magia hizo esto, si la de ella o la de él, pero, fuera la que fuera, Rigel descendió y te dejó un poderoso regalo.

El Gran Papá se quejó y empezó a moverse.

—Abigail, es ahora o nunca —dijo Hugo.

—Vale, no me agobies. —Volvió a pasar las manos por el huevo.

—No lo pienses —la urgió Jasper—. La magia de tu padre está ahí. Abre la puerta que la está bloqueando.

Abigail carraspeó, clavó las puntas de las botas en la piedra e intentó pensar en su magia, pero tenía la mente en blanco. Si ni siquiera podía sacar un rayito de fuego de bruja, ¿cómo iba a encontrar la cura para una cría tozuda que no quería salir del cascarón?

Cada vez se sentía más frustrada. Iba a fracasar y todos morirían en ese saliente.

Capítulo 22

Hugo se colocó a su lado.

—Cierra los ojos e imagina esa puerta que te bloquea la magia.

—¿De qué me servirá eso? —contestó Abigail enfadada.

—Mi padre me enseñó a hacerlo cuando tengo un problema que no puedo solucionar. Si lo puedo imaginar, puedo ver la solución.

Ella se quejó, pero cerró los ojos con fuerza. Le costó un momento y, al poco… ahí estaba. Apareció una puerta. Era roja… alta e imponente, con una aldaba de latón.

—La tengo —dijo. Extendió la mano y probó con el pomo—. Está cerrada.

—Ahora imagínate una llave que pueda abrirla.

Manteniendo los ojos bien cerrados, imaginó una llave. Una llave maestra grande y de plata, como la que utilizaba Madame Vez para encerrarla en su habitación.

La llave se materializó delante de ella. ¡El truco de Hugo funcionaba! La cogió del aire.

—Vale, la tengo.

—Introdúcela en la cerradura.

Abigail introdujo la llave en la cerradura. La giró hacia la derecha, pero no pasó nada. Volvió a probar, girando a la izquierda y oyó un «clic».

—Se está abriendo —dijo, con un susurro emocionado.

—Pues entra —la instó Hugo.

Lentamente, Abigail empujó la puerta, la abrió y parpadeó.

Dentro, la luz era tan cegadora que no alcanzaba a distinguir nada.

—Hay demasiada luz. No veo nada —dijo, entrando en pánico—. Tengo que volver.

—No —dijo Hugo con firmeza—. Sigue hacia delante. Yo te acompaño. Simplemente imagina que estoy a tu lado.

Abigail se concentró, cerró los ojos más fuerte todavía y tendió la mano. La cálida mano de Hugo le cogió la suya. Cuando giró la cabeza, él estaba ahí a su lado en aquella habitación tan brillante.

—¿Lo ves? —preguntó ella.

—Sí. —Parecía fascinado—. Es como si realmente estuviéramos allí. Sea lo que sea que estás haciendo, funciona.

—¿Adónde vamos? —Entornó los ojos para ver en la luz cegadora.

—Allí —dijo señalando. En la pared más alejada se veía el débil contorno de otra puerta.

Empezó a tirar de ella hacia delante, pero ella dudó.

—No. —Clavó los talones en el suelo—. No puedo entrar.

—Tenemos que hacerlo, Abigail.

—¡No! —Liberó el brazo de un tirón—. Tú no sabes nada, Hugo Suppermill. Solo eres un chico balfin sin magia.

Él suspiró.

—Cosa que me sigues recordando. Pero también soy tu amigo. ¿Por qué tienes tanto miedo?

A Abigail le costó un momento poder hablar.

—Está ahí dentro —susurró, bajando la mirada.

—¿Quién?

—Mi padre.

Hugo estuvo en silencio un momento, entonces dijo:

—No pasará nada, Abigail. Yo estaré aquí.

—¿Prometes que no me dejarás sola?

—Lo prometo.

Él le apretó la mano y empezaron a cruzar la habitación. La luz rebotaba en ellos y danzaba sobre su piel. Abigail alzó la mano y la luz brilló a su alrededor.

Llegaron a la puerta. No había picaporte ni cerradura. La superficie era cálida al tacto. La empujó y se quedó mirando con asombro.

—¿Dónde estamos? —preguntó Hugo.

Estaban en el mismo acantilado, pero no había nido, ni Omeras, ni Jasper, ni Fetch. Era el mismo lugar, pero en otro tiempo. Por encima de sus cabezas, las estrellas brillaban en una reluciente manto repleta de lucecitas.

—No estoy segura. —El aire cálido le acariciaba la piel. Dudó y entonces susurró—: Padre... ¿estás ahí?

La brisa se movió y le revolvió el pelo.

Una estrella del cielo brilló con más fuerza; era tan brillante que, en realidad, era azul, palpitaba luz.

Animada, alzó la voz.

—Por favor, padre, necesito acceder a mi magia. La magia que me diste. ¿Me puedes ayudar?

Empezó a sonar una melodía suave y rítmica. Una punzada de dolor le recorrió todo el cuerpo. Abigail ya había oído aquella canción mucho tiempo atrás. Empezó a tararearla. La música subió de volumen, como contenta por su reacción.

La estrella azul brilló más y más fuerte hasta que, de repente, se movió por el cielo nocturno. Se dirigía directamente hacia ellos.

Se agacharon cuando impactó en el saliente con una explosión de luz.

Abigail alzó una mano para protegerse los ojos; Hugo, a su lado, los entrecerró. Al cabo de un momento, la luz disminuyó lo suficiente y vieron el contorno de un hombre.

Era esbelto y alto, con el cabello rubio, la piel clara y los hombros anchos. Llevaba una camiseta sencilla, metida dentro de los pantalones bombachos y botas negras.

—¿Padre?

Él anduvo hacia ella. Tenía los ojos azules como la estrella; brillaban con curiosidad y fuerza.

Se detuvo delante de ella y se arrodilló para estar a la misma altura.

—Hola, pequeña.

—¿De verdad... de verdad eres tú?

Él se la acercó y la abrazó con fuerza.

—Jamás pensé que pudiera abrazarte así —dijo suavemente.

Abigail se estremeció al verse envuelta en su calor. Era el sentimiento más extraño del mundo. Cálido, inusitado, llenaba de amor todo su ser. Nunca la habían abrazado así en toda su vida. En la Guardería no se abrazaba.

Entonces, un recuerdo volvió a ella.

Su madre la había abrazado así una vez, envuelta en una mantita cálida, cerca del pecho. Le resbaló una lágrima por la mejilla mientras su padre la llenaba con el amor de toda una vida.

—¿Quién eres? ¿De dónde vienes? ¿Cómo conociste a mi madre? —Las palabras le salían a trompicones.

—No tengo recuerdos de quién fui antaño —dijo—. Brillaba desde el cielo, miraba y observaba pero no tenía forma. Hasta que la vi.

—¿A quién? —preguntó Hugo.

—A Lissandra —dijo su nombre como si fuera una caricia—. Me llamaba cada noche, deseando, suplicando alguien a quien amar.

—Las brujas no aman nada ni a nadie —dijo Abigail. Notó que se le desgarraba el corazón al decirlo porque sabía que era mentira. Ella misma amaba muchas cosas, pero ¿hasta cuándo? ¿Cuánto tardarían las brujas en arrancárselo?

Rigel sonrió con el recuerdo.

—Ella sí. Su deseo tuvo que ser fuerte porque, de repente, me vi en un cuerpo extraño, flotando en el mar. Aparecí en la orilla y allí estaba ella. Me dieron una semana con ella antes de tener que volver.

Soltó a Abigail y dio un paso atrás. Ella sabía que el tiempo del que disponían llegaba a su fin. Él ya empezaba a desvanecerse, su figura brillaba con una extraña energía.

Extendió los brazos hacia delante para alcanzarlo.

—No te vayas. Por favor, necesito tu ayuda. Necesito que me guíes. Tengo miedo.

Él le cogió las manos, envolviéndolas en calor mientras la luz azul giraba a su alrededor. Ella entrecerró los ojos, pues los de su padre brillaban tanto como mil soles. La piel de él se encendió con un brillo vibrante que iba de sus manos a las suyas, le subía por los brazos y se propagaba por todo el cuerpo. La energía vibraba en su interior y le llenaba las venas con tanto poder que pensó que iba a explotar.

—Confía en tu corazón, pequeña. Es la única guía que necesitas.

Rigel le soltó las manos, inclinó la cabeza hacia atrás y miró hacia arriba. Haces de luz salieron disparados de cada uno de los poros de su cuerpo, brillando cada vez más hasta que, en una explosión de luz radiante, desapareció.

Abigail se desmayó.

Cuando abrió los ojos, estaba tumbada de espaldas en el saliente de piedra. Hugo y Jasper se inclinaron sobre ella. Parecían preocupados.

—¿Estás bien? —preguntó Hugo mientras Jasper la ayudaba a ponerse de pie. La sujetaba con fuerza mientras ella se balanceaba.

—Sí. —Se encontraba bien, mejor que bien. Como si pudiera llegar hasta el sol de un solo salto—. ¿De verdad acabo de conocer a mi padre?

—Creo que sí. No estoy muy seguro de lo que ha pasado —dijo Hugo.

—Un segundo estabais aquí y entonces unisteis las manos y desaparecisteis los dos —dijo Jasper.

Fetch tomó la mano de Abigail, la frotó entre las patas peludas y se la puso en la cara.

—Estás llena de luz de estrella, Abigail. Úsala para abrir el huevo y poder irnos.

Abigail se puso frente al huevo una vez más. El papá Omera estaba nervioso, gemía y sacudía las extremidades. La Gran Mamá se levantó; le brillaban los ojos por la emoción. Las dos crías Omera echaban un vistazo desde detrás de ella.

—Vale, allá voy —dijo Abigail. Puso las manos formando un círculo firme, murmuraba para sí misma. Normalmente decía *fein kinter* para usar su magia, pero hoy las palabras que salieron de su boca eran nuevas—: *Aredona flaria*.

Sintió un hormigueo en las palmas, que empezaron a brillar con un aura dorada. La sangre le quemaba en las venas conforme su magia se hacía más intensa y le enviaba sacudidas eléctricas por el cuerpo, hasta que salió disparado un potente rayo de luz azul. Era más brillante y cegador que cualquier fuego de bruja que hubiera lanzado antes. Envolvió al huevo, que empezó a vibrar y a rebotar por doquier.

Al cabo de un rato, apareció una pequeña grieta.

—¡Funciona! —chilló Hugo.

Abigail continuó, liberando toda la magia que tenía hasta que notó agotamiento en los huesos. Apretó los dientes y siguió esforzándose hasta que, con un crujido fuerte, la cáscara del huevo se partió por la mitad.

Abigail dejó caer las manos, jadeaba con fuerza por todo el esfuerzo.

En el centro del cascarón había un polluelo de Omera. La piel color ébano le brillaba por la baba pegajosa. Estiró una delicada ala y después la otra. Abrió el pico y soltó un llanto lastimero.

La Gran Mamá saltó a su lado y le dio un cálido baño con la lengua.

La cría abrió los ojos y miró directamente a Abigail.

Ella contuvo el aliento. Los ojos de la Omera eran como dos estrellas gemelas, doradas y relucientes.

Fetch se acercó a la cría, haciendo caso omiso del gruñido de aviso de la madre. Le acarició una vez en la cabeza y después asintió, como si fuera exactamente lo que esperaba.

—Odín estará complacido —dijo crípticamente.

El papá Omera levantó la cabeza, aún mareado y les graznó. La Gran Mamá le replicó y él se tranquilizó, pero siguió emitiendo aquel sonido gutural.

—Es hora de irse, chicos —dijo Jasper.

—¿Cómo? No podemos bajar andando por el acantilado —dijo Abigail.

—Sí, y no pienso meter los pies en el agua de esas marismas otra vez —añadió Hugo—. Aunque atrapé a aquel viken en las arenas movedizas, allí aún hay trasgos y otras criaturas que reptan de noche.

Abigail miró a Hugo, tenía las cejas arqueadas.

—Me muero por escuchar esa historia. Pero creo que puedo conseguirnos transporte.

Se giró hacia la Gran Mamá.

La Omera miró a Abigail.

—Es lo mínimo que puedes hacer —dijo ella, dando un paso al frente para acariciar a la cría—. Su papá puede vigilarlo hasta que vuelvas.

El papá Omera gruñó y giró la cabeza hacia el otro lado, como si no se molestara en intentar discutir.

La Gran Mamá dio a la cría un último lametón, la levantó y, con delicadeza, la volvió a dejar en el nido junto a las otras dos. Se agachó y extendió un ala en el suelo. Abigail se le subió al lomo.

—¿A qué estáis esperando? —les preguntó, sonriendo a sus compañeros.

Hugo fue el siguiente en subir.

—¿Estás segura de esto? —preguntó, rodeando nervioso la cintura de Abigail.

—Sí, estoy segura.

Pero Jasper negó con la cabeza.

—Fetch y yo podemos tomar el camino largo. No os preocupéis por nosotros. Solo llegad bien a casa.

—No tendré casa por mucho tiempo más —dijo Abigail al recordar la competición—. No he podido encontrar y domar una criatura. Ahora Endera ganará.

La Omera se lanzó al aire. Abigail se emocionó al bajar en picado por la cara escarpada del acantilado. Se abrazó al cuello de la Gran Mamá y Hugo se le aferró a la cintura.

Entonces, la Gran Mamá se elevó rápidamente. Volaron por encima de las marismas, acariciando las copas de los árboles. Hugo la puso al día de sus aventuras hasta que llegaron al exterior de la Fortaleza Tarkana. El sol se estaba poniendo cuando la Omera se posó en el suelo con suavidad.

—Gracias por el viaje —dijo Abigail, acariciando la nariz escamosa de la criatura.

La Gran Mamá exhaló ruidosamente y le dio un golpecito con la cabeza.

—De nada —dijo con una risita—. Me alegra haberte podido ayudar.

La Omera se apoyó en las gruesas patas y despegó hacia el cielo dorado.

—Bueno, esto sí que ha sido una aventura —dijo Hugo—. Toma, encontré tu esmeralda de mar. —Le puso el collar en el cuello.

—No será mía mucho tiempo más —suspiró Abigail—. Cuando suspenda mis ABC, pasará a ser de Endera.

Capítulo 23

Un grupo de brujizas esperaban fuera de los dormitorios, charlando con entusiasmo sobre las criaturas que habían capturado. En el centro, Abigail vio a Endera mirando a su alrededor, probablemente intentaba encontrarla a ella y ver qué tenía. Sin apartarse de las sombras del crepúsculo, Abigail fue a hurtadillas por detrás del edificio y trepó por la hiedra. Entró por la ventana a gatas y se desplomó en la cama, exhausta.

Estaba bien metida bajo las sábanas cuando Madame Vex abrió la puerta para echar un vistazo. Se acercó a la ventana abierta y se asomó. Abigail se quedó quieta, haciéndose la dormía.

Madame Vex murmuró algo muy flojito, cerró la ventana con firmeza y se fue.

Abigail durmió profundamente el resto de la noche y soñó con la luz de una estrella.

A la mañana siguiente, se unió al resto de las chicas en los jardines con tristeza. Todas ellas tenían una mascota. Las lágrimas le ardían en los ojos. Incluso con todo lo que había sucedido ese año, no quería irse.

Endera estaba al lado de un lobo Shun Kara de pelo negro y desgreñado. El hocico largo salía de una cabeza cuadrada rematada por unas orejas puntiagudas que estaban alzadas, prestando atención. Frunció los labios y enseñó unos colmillos relucientes.

La brujiza miró a Abigail de arriba abajo, buscando su criatura. Cuando vio que no llevaba ninguna, empezó a regodearse.

—A no ser que lleves un gusano en el bolsillo, te van a expulsar —dijo ella, una sonrisa le iluminaba el rostro—. Espero que te guste cambiar pañales.

Madame Barbosa dio unas palmadas.

—Hora de pasar revista, chicas. Madame Vex y yo os observaremos con vuestra mascota. Nuestra decisión será definitiva.

Fueron de una en una. *¿Qué sentido tiene esperar?*, pensó Abigail con tristeza. Debería recoger sus cosas e irse ya.

Cambió un poco de postura y, al momento, oyó a Endera:

—No te muevas —le espetó—. Te quedarás para ver cómo gano y entonces tendrás que darme tu esmeralda de mar.

Abigail se limitó a suspirar.

Cuidar de bebés tampoco estaba tan mal. No dejaba de repetírselo mientras, una a una, Madame Barbosa admiraba las criaturas. Madame Vex tenía la nariz levantada, asintiendo ligeramente a cada una de ellas. La mayoría de las chicas se las había apañado para hechizar verdugos y que estos les llevaran la mochila. Portia tenía un par de verdugos que volaban alrededor de su cabeza y le trenzaron el cabello con rapidez. Minxie encantó a un rátalo que comía queso curado en aceite de su mano. Nelly se peleaba con un trasgo que se mantenía erguido sobre sus patas traseras. Llevaba las manos vendadas por las mordeduras que le había hecho con los diminutos colmillos, pero hasta Madame Vex estaba impresionada.

La siguiente era una chica callada que se llamaba Lucilla. Se quedó de pie cabizbaja, con las manos vacías. Sorbió por la nariz ruidosamente mientras Madame Vex señalaba las puertas.

—Haz las maletas y vete.

La pobre aprendiz se fue.

Abigail suspiró. No le quedaba mucho.

Siguieron con Glorian, que tenía un viejo verdugo de piel gris y arrugada. Roncaba con fuerza dentro de su jaula y no quería despertar. Madame Vex resopló.

—No merece la pena —dijo.

Madame Barbosa le dio unas palmaditas en el hombro.

—Aprobado justito, querida. La próxima vez esfuérzate más.

Endera era la siguiente.

La brujiza estaba junto a su Shun Kara. Sacaba pecho y parecía tan orgullosa como la bestia. Chasqueó los dedos y la criatura rugió, enseñando unos colmillos blancos muy brillantes. Tenía hambre.

—¡Santo cielo! —dijo Madame Barbosa suavemente, como ronroneando, y alargó una mano para rascarle las orejas a la bestia—. Es un buen ejemplar. ¿Puedes hacer que haga algo?

Endera se sacó un hueso del bolsillo y lo lanzó trazando un gran arco.

El animal se lanzó hacia delante y cruzó el claro corriendo. Cogió el hueso antes de que este tocara el suelo. Derrapó y se detuvo, haciendo un agujero en la hierba, y después trotó orgullosamente al lado de Endera y se lo dejó a los pies.

Endera se cruzó de brazos y sonrió triunfante, como si ya fuera Brujiza Principal.

Abigail suspiró para sus adentros. No era justo. No lo era, para nada. Pero, aun así, salvar a la cría de Omera la había hecho sentir… bien.

Sonrió mientras la pareja de profesoras se detenía frente a ella.

—Bien, Abigail, ¿qué nos vas a enseñar? —preguntó Madame Barbosa y miró por encima del hombro para comprobar si había una criatura escondida.

Abigail abrió la boca para reconocer que había fracasado cuando una sombra amenazante cruzó rápidamente el cielo. El sonido de las ráfagas de viento y del batir de las alas le envió una ola de emoción que le recorrió el cuerpo. No podía ser. No era posible.

Pero sí, lo era.

Con un fuerte golpe seco, la Gran Mamá aterrizó en la hierba y chilló de forma horrible. Hizo que las aprendices chillaran y buscaran refugio.

Madame Barbosa y Madame Vex alzaron las manos, preparadas para lanzarle una ráfaga mortal de fuego de bruja, pero Abigail se puso delante de la criatura.

—No, no lo hagan. Ella... ella está conmigo —dijo—. ¡Sorpresa! —Abigail rascó a la Gran Mamá en la cabeza negra y escamosa y la Omera resopló complacida.

—Has domado a... a... eh... —Madame Barbosa se había quedado sin habla.

Madame Vex tenía la cara blanca como el papel.

—Pero dile que se vaya, descerebrada. Una Omera salvaje nos podría matar con un golpe accidental de su cola puntiaguda.

Abigail se dio la vuelta y se abrazó al cuello de la Gran Mamá.

—Gracias —susurró—. Ya te puedes ir a casa.

Probablemente fue su imaginación, pero le pareció que la Omera le guiñaba un ojo. Entonces, se alzó hacia el cielo y se alejó volando.

Abigail se giró y vio que todas la miraban.

—¿Y bien? ¿He ganado?

—¡No, no, no! —chillaba Endera, pataleando en el suelo—. No es justo. ¡Yo tengo un lobo Shun Kara!

El animal aulló como en señal de apoyo.

—Venga, Endera —dijo Madame Barbosa—. Sé una buena chica. Creo que está claro quién ha ganado. Abigail, por favor, acércate y recibe tu broche de Brujiza Principal.

Abigail dio un paso al frente y Madame Barbosa le prendió el valioso broche dorado al vestido. Tenía una letra T por la Academia Tarkana. Mientras las dos profesoras se alejaban, todavía cuchicheando sobre la hazaña de Abigail, esta se giró hacia Endera, que lloraba de rabia.

—Creo que me debes un libro de hechizos —dijo Abigail, tendiendo la mano, triunfante.

A Endera le temblaron los labios. Abrió la mochila y sacó un libro delgado. Estaba hecho de piel negra arrugada y tenía las páginas amarillentas.

Endera lo abrazó con fuerza. Sus ojos eran como dagas cuando miró a Abigail.

—Te juro, Abigail Tarkana, que te arrepentirás de esto. —De malos modos le puso el libro en las manos y se fue dando pisotones. El Shun Kara se fue tras ella con grandes zancadas. Glorian y Nelly los siguieron.

Las demás brujizas rodearon a Abigail. Le daban palmaditas en la espalda y la felicitaban.

Abigail disfrutaba de cada pequeña señal de atención hasta que un escalofrío le subió por la espalda. Se dio la vuelta y buscó el origen de su inquietud. Allí, en lo alto de la torre, había una mujer en la ventana. La estaba mirando.

Melistra.

Abigail se estremeció bajo la mirada de aquella bruja tan poderosa.

De repente, deseó haber pedido cualquier otra cosa menos el libro de hechizos de Endera.

Capítulo 24

*T*engo que estar soñando, se dijo Abigail. Ahí estaba, sentada a la mesa en Nochebuena para comer con todas las chicas populares. Y todo el mundo prestaba atención a todo lo que decía.

Habían decorado el comedor con adornos hechos de abeto y piñas aromáticas. Había velas encendidas en todas las mesas, lo que le daba un toque festivo a la sala. Un fuego ardía en la chimenea y algunas de las chicas estaban haciendo palomitas.

Desde que ganara la competición de la Brujiza Principal, Abigail había sido el centro de atención. Ya no comía sola en un rincón. Ya no tenía que esperar a que la escogieran como compañera en Pociones Potencialmente Potentes.

No. Como Brujiza Principal de la clase de primer año, Abigail era, de repente, la abeja reina. La reina del baile. La popular.

—Cuéntanoslo otra vez, Abby, querida. ¿Qué pasó cuando te encontraste con la Omera? —preguntó Portia. La alumna de primer año más guapa de la escuela miraba a Abigail con los grandes ojos verde azulado y las manos juntas sobre la falda mientras esperaba la respuesta.

—Bueno, pues resulta que...

Abigail explicó, una vez más, la historia de cómo se había cruzado con la Omera de alas negras en las marismas y cómo le había lanzado el hechizo.

Por supuesto, no explicaba la parte en la que la habían secuestrado y llevado al nido, ni que había ayudado a salir del cascarón a su polluelo. Y, sobre todo, cortaba la parte en la que había conocido a su padre, que la había llenado de luz de estrella. Eso era bastante difícil de explicar.

—Sé que hiciste trampa —rugió una voz.

Abigail no tuvo que darse la vuelta para saber que ese deje de amargura era de Endera.

Soltó un suspiro dramático.

—Ay, Endera, ¿todavía estás celosa porque gané y me quedé tu valioso libro de hechizos? —Abigail acarició el delgado tomo que estaba encima de la mesa. Un escalofrío le subió por la espalda.

A decir verdad, Abigail ni siquiera lo había abierto. Las cubiertas de piel se estremecían cuando las tocaban, como si estuvieran vivas. No había nada que quisiera más que lanzar esa cosa fea a lo más hondo de su mochila, pero no pensaba devolvérselo a Endera.

A Endera le salieron dos manchas rojas en las mejillas de cuando se enfrentó a Abigail.

—Las Omeras salvajes son imposibles de hechizar, lo que significa que hiciste trampa. Ese libro es mío y lo voy a recuperar.

A su lado, Nelly sonreía con aires de superioridad.

—Seguro que ni siquiera sabe cómo *usaaaarlo*.

Al otro lado de Endera, Glorian asentía enérgicamente.

—Eso. Seguro que le da demasiado miedo abrirlo.

Abigail oyó una voz melosa, como en un cosquilleo.

Hazlo. Muéstraselo. Enséñales todo lo que puedes hacer, bruja oscura.

Abigail enderezó la espalda y encontró las palabras.

—¿En serio? —dijo dulcemente. Era hora de hacer callar a Endera y a sus amigas para siempre—. Pues vamos a verlo, ¿os parece?

Abrió el libro por una página cualquiera. Las letras estaban borrosas, pero se volvieron claras cuando apretó el pergamino con un dedo y recitó las palabras escritas a mano.

—*Gally mordana, gilly pormona, gelly venoma.*

Las palabras resonaron em el silencio de la sala. Incluso las chicas de los cursos superiores notaron el cambio en el ambiente. Cien pares de ojos se posaron en Abigail, que sentía el miedo por todo su ser.

¿Qué he hecho?

Las tres brujizas retrocedieron, parecían asustadas. Pero antes de que pudieran dar dos pasos, empezaron a brillar. Glorian temblaba entera. Nelly abrió los ojos de par en par.

Endera gritó:

—¡No! ¡Retíralo!

Pero era demasiado tarde. Con un ruido de succión, las tres chicas desaparecieron.

Hubo un momento de silencio por la conmoción. Después, el comedor irrumpió en aplausos.

—Un gran truco, Abigail —dijo Portia, aplaudiendo con emoción.

El aplauso se fue apagando mientras ella y el resto de las brujizas esperaban a que Abigail hiciera reaparecer a las chicas.

—Venga —la animó Portia—. Ya las puedes traer de vuelta.

Abigail se había quedado allí plantada y petrificada. El libro de hechizos le colgaba de las manos. Su cerebro no terminaba de aceptar lo que acababa de hacer. Ese tipo de magia era… embriagador. Tenía el corazón acelerado, pero al mismo tiempo sentía náuseas. Se sentía físicamente mal.

Porque no era solamente que Endera y sus amigas ya no estaban, sino que Abigail no tenía ni idea de dónde estaban o, más importante, cómo traerlas de vuelta.

La puerta del comedor se abrió con ímpetu y Madame Vex entró. Se detuvo en la entrada.

—¿Qué está pasando aquí?

Arrugó la nariz y olfateó el aire, como si pudiera oler los rastros del hechizo que había lanzado Abigail.

La multitud de brujizas que había a su alrededor se separó y las chicas dieron un paso atrás.

Madame Vex se acercó rápidamente a Abigail; los ojos le echaron chispas al ver el libro de hechizos que tenía en las manos.

—Abigail Tarkana, ¿qué has hecho?

Capítulo 25

Hugo estaba sentado en el bayespino, con las piernas colgando. Consultó la hora en su reloj de bolsillo. Abigail tendría que haber llegado hacía una hora. Le había prometido que iría.

¿A quién quiero engañar?, pensó con un suspiro. Abigail tenía gente más importante con quien estar ahora que era tan popular.

En realidad, desde que había ganado la competición de Brujiza Principal, Abigail había estado demasiado ocupada como para pasar tiempo con él.

—Lo siento, Hugo. Minxie y las chicas quieren que les enseñe cómo me hago las trenzas —le dijo el primer día—. Quizás nos podamos ver mañana.

El segundo día le dijo:

—Querido Hugo, la chica más popular de la escuela, Portia Tarkana, quiere que le enseñe cómo consigo que me brille la piel. Prometo que mañana estaré aquí, de verdad de la buena.

Y, dicho eso, se fue corriendo para unirse al grupo de chicas aduladoras que parecían seguirla a todas partes.

A Abigail se le estaban subiendo tanto los humos que era un milagro que no hubiera ahumado el uniforme.

Debería irse a casa. Su madre estaría acabando su pudin de higo que hace todos los años para el día de Navidad. Más tarde, cada uno abriría un regalo alrededor del fuego. Eso es lo que debería hacer. Pero Abigail y él no habían descubierto nada nuevo en mucho tiempo y quería respuestas. Por lo menos quería demostrarle que todavía le era útil tenerlo cerca. Sacó la libreta y estudió las notas.

Ahora sabían que el fuego de bruja de Abigail venía de su padre, pero seguían sin saber de qué huía Lissandra o cómo había muerto. Abigail todavía podía estar en peligro. Si quería llegar al fondo de todo, tenía que averiguar más cosas sobre Lissandra.

Y Hugo tenía una idea de a quién podía preguntar.

Había una vieja bruja, una marginada que no vivía dentro de la Fortaleza Tarkana. Fue Emenor, su hermano, quien le había hablado de ella y lo había puesto sobre aviso.

Emenor aseguraba que la bruja había echado una maldición a su amigo Milton y lo había convertido en cerdo por meterse con ella. Puede que a Emenor no siempre le cayera bien Hugo, pero no quería que su único hermano fuera por ahí con una cola de cerdo. Eso lo avergonzaría. El pobre Milton no había vuelto a aparecer por la escuela sin oír *oinc* a su espalda.

Hugo dejó la Fortaleza Tarkana y se dirigió hacia la parte baja del pueblo, lejos de las tiendas bonitas. Buscaba un montón deforme de trapos. Así era como Emenor había descrito a la vieja bruja.

Y ahí estaba.

En la esquina, al otro lado de los establos, había una vieja de cuclillas en el suelo. Justo delante, tenía un cuenco para pedir dinero. Una túnica larga hecha de trapos viejos le colgaba de los hombros. Con un palo afilado trazaba un círculo en el barro.

Hugo cogió aire, cerró los puños para darse valor y caminó hacia ella. Se puso de cuclillas hasta que estuvo a su altura. En el cuenco solamente había una moneda de cobre, medio penique. La bruja seguía dibujando, pero se le tensaron los hombros al esperar que hablara.

Hugo metió la mano en el bolsillo, sacó la moneda de plata que había cogido de su calcetín de Navidad aquella misma mañana y se la echó en el cuenco. Esta repiqueteó con fuerza. La mujer se apresuró a cogerla con sus dedos torcidos y la hizo desaparecer en el corpiño de su vestido. Solo entonces levantó la mirada.

Sus ojos eran de un verde esmeralda tan intenso que Hugo casi se cayó de espaldas.

—¿Qué quieres? —le espetó.

—Bueno… esto, tengo una pregunta.

—¿Buscas conocimiento de mí? —Un duro sonido sibilante que debía de ser una risa lo hizo temblar—. No soy más que un montón de harapos. ¿Qué podría decirte yo a ti?

—Quiero saber qué le pasó a Lissandra —dijo él.

Al mencionar el nombre de la madre de Abigail, la vieja bruja retrocedió.

—Cómo te atreves. ¿Quién eres? ¿Quién te envía? —Examinó la plaza con sus ojos brillantes.

Hugo intentó levantarse.

—No pretendía…

Pero antes de que se pudiera explicar, alzó la mano y le lanzó un puñado de polvo negro a la cara.

Todo se volvió negro.

Capítulo 26

Abigail estaba sentada en un banco de madera fuera de los aposentos de Madame Hestera. Temblaba de pies a cabeza. Tenía frío. Mucho frío. Desde que había usado ese libro de hechizos, sentía como si un trocito de hielo se le hubiera incrustado en el corazón e hiciera correr el frío por sus venas.

La líder del aquelarre recibía las visitas en una sala en lo alto de una de las torres de la fortaleza. El pasillo tenía colgados retratos de sus predecesoras a ambos lados. Abigail alzó la mirada hacia los ojos de una vieja bruja llamada Nestra. Esta miraba de forma arrogante a Abigail como si supiera exactamente lo que había hecho la alumna de primer año.

Abigail quiso sacarle la lengua a la vieja bruja. ¿Qué le importaba si Endera no estaba? Le estaba bien empleado. Era horrible en todos los aspectos posibles. Y sus amigas no eran mejores que ella.

Sí, bruja oscura, se lo merecían.

Se tapó los oídos, intentando bloquear esa voz melosa. Era el libro de hechizos. Notaba cómo se agitaba en el interior de su mochila. La llamaba, esperando que lo abriera otra vez.

Se alejó un poco de él. Era un objeto odioso. Deseó poder quemarlo, pero ese pensamiento la horrorizó.

Recordó las palabras de Vor: *No dejes que gane la oscuridad.*

La bilis le subió por la garganta; la ahogaba con la culpa.

—¿Qué he hecho? —susurró.

—¿Estás bien?

Abigail dio un respingo, sorprendida por la interrupción, pero se tranquilizó al ver una cara conocida.

—¡Calla! ¿Qué haces aquí?

—He oído que estabas en apuros. Perdóname por haber sido tan borde.

—No pasa nada, yo también lo siento. ¿Amigas? —Abigail le tendió la mano.

Calla asintió y la sacudió con firmeza.

—¿De verdad has usado el libro de hechizos con Endera?

Antes de que Abigail pudiera responder, la puerta del despacho de Madame Hestera se abrió.

Madame Vex estaba de pie en la puerta, mirándola con superioridad. Señaló a Abigail con un dedo torcido.

Abigail se puso en pie y deseó hacerse desaparecer a sí misma.

—Todo irá bien. —Calla sonrió, animándola, al tiempo que le recogía la mochila y se la tendía.

—¿Tú crees? —Abigail estiró el brazo para cogerla, pero Calla la siguió sujetando. Se acercó a ella y le susurró al oído:

—Mi tía abuela no es tan mala como parece. Si lo fuera, yo no estaría aquí.

Le guiñó un ojo y le dejó la mochila en las manos. Madame Vex arrastró a Abigail dentro de la sala y cerró la puerta de un golpe.

Madame Hestera estaba sentada en una silla de respaldo alto delante de una chimenea. Tenía una mano sobre el bastón con la esmeralda en la empuñadura. Había una mujer de pie mirando a través de la ventana, de espaldas a Abigail.

Melistra.

El corazón comenzó a latirle tan fuerte que era un milagro que el candelabro del techo no temblara.

Madame Vex carraspeó.

—Abigail, explícale a Madame Hestera qué tipo de hechizo utilizaste sobre aquellas brujizas.

Antes de que Abigail pudiera abrir la boca, Madame Hestera se echó hacia delante, golpeando el bastón contra el suelo de piedra.

—¿Te das cuenta, niña, de que causar daño a una compañera bruja es una ofensa que se castiga con el exilio?

A Abigail le flaquearon las piernas y se balanceó. ¿El exilio? Eso significaba ser expulsada del aquelarre, privada de su magia y enviada muy muy lejos. Mejor ser una imbrújil que ir al exilio. No lo podría soportar.

—Lo siento —soltó de golpe—. No iba en serio. Endera se estaba burlando de mí y... solo leí el primer hechizo que vi.

La madre de Endera se giró lentamente para mirarla. Los ojos eran brasas que ardían en un fuego esmeralda.

—No tenías ningún derecho a usar mi libro de hechizos —siseó. Levantó la mano apretando los dedos en el aire vacío.

Abigail se quedó inmóvil y sin respiración.

—Bueno... eh... —Le costaba respirar. Era como si una mano invisible la agarrara por la garganta y le cortara el suministro de oxígeno.

—Dime qué hechizo has usado —le ordenó—. ¡Habla!

Abigail empezó a respirar un poco mejor, lo suficiente para decir algunas palabras.

—Empezaba con *gally mordana*.

Melistra empalideció.

—Has enviado a mi hija al inframundo. Deberías morir en la hoguera ahora mismo. Deberías ser un montón de cenizas. —Levantó la mano otra vez, como si fuera a lanzar el golpe final. Abigail no tenía fuerza ni para moverse.

—¡Para! —dijo Madame Vex, que avanzó para proteger a Abigail—. La chica no quería hacer ningún daño. Ya la has oído. No sabía lo que estaba haciendo. ¿Cómo acabó tu libro de hechizos en sus manos, Melistra?

Melistra estaba tan enfadada que parecía a punto de explotar. Antes de que pudiera articular una palabra, Hestera golpeó el suelo con el bastón.

—Ya está bien de peleas. Las dos tenéis razón. Melistra, tu libro de hechizos es demasiado poderoso para estar en las manos de una alumna de primer año. Madame Vex, vigila lo que dices. Melistra es una Gran Bruja. Merece tu respeto.

Madame Vex fue la primera en ceder. Señaló a Melistra con la barbilla y se apartó de Abigail. Tuvo que pasar otro momento agonizante para que Melistra liberara a Abigail del hechizo estrangulador.

—Dame el libro para que pueda encontrar el contrahechizo y pueda traer a mi hija y esas lerdas de vuelta —espetó, alargando la mano.

Abigail respiró aliviada. ¡Una solución! Melistra encontraría el hechizo correcto y las traería de vuelta. Estaba tan emocionada que casi se le cayó la mochila al buscar el libro.

Pero ¿dónde está?

Puso a un lado el libro de Matemágicas y el diario de Pociones. Tenía que estar por ahí. No lo había sacado. Todas la miraban mientras buscaba con más ahínco.

Nadie había tocado su mochila más que ella.

Parpadeó. No era cierto. Calla la había cogido. La astuta imbrújil le había recogido la mochila, se le había acercado y le había susurrado al oído. Ella debió de cogerlo, pero ¿por qué?

—Esto… no lo tengo —dijo Abigail.

A Melistra le brillaban los ojos como si el fuego ardiera en ellos y levantó una mano amenazante. Madame Vex se puso delante de Abigail una vez más.

—La chica va a estar encerrada en su habitación hasta que entregue el libro —dijo.

Se hizo un silencio tenso.

Finalmente, Madame Hestera asintió.

—Si no ha devuelto el libro antes de que finalice el día de mañana, será llevada frente al Gran Consejo de Brujas y acusada de crímenes hacia otra brujiza. Endera y las otras dos no sobrevivirán mucho tiempo en el inframundo.

—No con ese horrendo monstruo de ocho patas —coincidió Melistra y fulminó a Abigail con esa mirada de odio que le ardía en los ojos.

Capítulo 27

Hugo recobró el conocimiento y vio que el mundo era un caleidoscopio borroso. Se quitó las gafas, limpió las manchas de polvo negro y se las volvió a colocar. Mejor.

Se sentó. Estaba en una especie de chabola. La luz del sol entraba a través de los agujeros en el tejado y había una puerta desvencijada medio colgada de los goznes.

—¿Hola? —gritó. Tenía la boca seca, como si se hubiera tragado una bola de algodón.

Salía humo de una chimenea pequeña, donde un caldero reposaba sobre el carbón. Del techo colgaban hierbas secas. En una mesa había unos tarros con lo que parecían ojos encurtidos de diferentes tamaños.

Qué asco.

Intentó levantarse, pero se dio cuenta de que tenía los pies atados con una cuerda. Se dobló para desatárselos, pero, cuando tocó la cuerda, una chispa saltó y lo sacudió entero.

Estaban hechizadas. Esa bruja lo había hecho prisionero y lo había raptado para llevarlo a su guarida.

Pero ¿por qué?

Hugo había oído historias sobre lo que hacían para atraer a los niños perdidos que caían en sus trampas. Los convertían en criaturas y los entrenaban para que fueran sus mascotas.

No pensaba dejar que sucediera eso. Se puso de pie y empezó a saltar hacia la puerta. Había dado solamente tres saltos cuando se abrió de golpe. Una chica joven se quedó en el marco de la puerta.

Tenía el pelo más claro que los bucles negros de Abigail; era casi castaño. Los grandes ojos le brillaban de entusiasmo. Llevaba una mochila escolar al hombro. Quedó boquiabierta por la sorpresa mientras Hugo saltaba hacia ella.

—¿Quién eres? —preguntó ella.

—Soy Hugo. ¿Quién eres tú?

—Ah, eres el amigo balfin de Abigail. Encantada de conocerte. Soy Calla. ¿Por qué vas dando saltitos?

Hugo se miró intencionadamente los pies y ella gruñó.

—Baba Nana, desata a este chico inmediatamente.

¿Baba Nana? ¿Esta chica conocía a la horrible bruja que lo había secuestrado y lo había atado como a un cerdo?

Oyó una risa jadeante por detrás de una cortina hecha jirones. Alguien echó la cortina a un lado; Baba Nana entró renqueando.

—A ver, niña, tranquilízate. Baba Nana solo quería divertirse un poco.

Se oyó un fuerte crujido y las cuerdas alrededor de los pies de Hugo desaparecieron.

—¿Conoces a esta bruja? —dijo él, todavía furioso por cómo lo había tratado.

Calla sonrió.

—Pues claro. Es mi madrina. Me ha cuidado siempre. —La chica se acercó a un pequeño fogón y puso una tetera al fuego—. ¿Quieres un poco de té? —preguntó, como si fuera algo muy normal que Hugo estuviera en esa chabola.

—No, me gustaría volver a mi casa —dijo él y se dirigió a la puerta. Sin embargo, una chispa de fuego de bruja lo hizo saltar hacia atrás.

—No puedes irte hasta que me digas por qué me estabas preguntando sobre Lissandra —gruñó la vieja bruja.

—Baba Nana, sé amable. Tengo buenas noticias —dijo Calla—. ¡Lo tengo!

—¿Qué tienes, niña?

—El libro de hechizos de Melistra. —Sacó de su mochila un libro con las cubiertas de piel y lo sostuvo en alto.

Baba Nana gritó de la emoción.

—Maravilloso. Pero ¿cómo diantre ha acabado eso en tus manos?

—Espera un momento. —Hugo reconoció el libro—. Le has quitado el libro a Abigail.

Ella apretó el libro contra el pecho.

—Pues suerte que lo he hecho. Se ha metido en un buen lío.

—¿Qué quieres decir? —A Hugo le dio una sacudida el corazón. Si Abigail tenía problemas, necesitaría su ayuda.

—Abigail ha usado el libro para enviar a Endera y a otras dos brujizas al inframundo. La han llamado al despacho de Madame Hestera para atenerse a las consecuencias. Se lo he cogido antes de que entrara.

—Calla, no tendrías que haber interferido —la reprendió Baba Nana—. Ese libro de hechizos pertenece a Melistra. Podría haberlo usado para traer a aquellas brujizas de vuelta.

Calla parpadeó rápidamente; tenía los ojos brillantes por las lágrimas.

—Pero tenía que hacerlo. Este libro me va a ayudar a conseguir mi magia.

—*Puede* que te ayude, niña —dijo Baba Nana, que ahora parecía más amable de lo que Hugo se la había imaginado—.

Baba Nana no sabe si puede encontrar el hechizo correcto aquí. Puede que ninguna magia logre deshacer la maldición que te echaron.

—¿Maldición? —Ahora Hugo estaba interesado. Se sacó la libreta—. ¿Qué maldición?

—La maldición de la imbrújil —dijo Calla—. Evita que pueda usar mis poderes. Sé que tengo magia y algunas veces hasta la noto, pero algo la bloquea.

—Ahora no hay tiempo para eso —dijo Baba Nana—. Por cada segundo que nos retrasamos, esas tres brujizas están más cerca de la muerte. Debemos traerlas de vuelta antes de que algo terrible ocurra o tu amiga pagará el precio con el exilio.

—Necesitamos la ayuda de Abigail —dijo Hugo.

Calla hizo que no con la cabeza.

—La han encerrado en su habitación. La puerta estará custodiada. No hay ningún modo de colarnos.

—Tendremos que encontrar otra forma. —Hugo mordisqueaba el lápiz mirando sus notas y, de repente, paró. Era una locura, pero quizás… quizás funcionaría.

—Vamos a necesitar una Omera —anunció él.

Baba Nana abrió los ojos desmesuradamente.

—¿Has perdido la chaveta, niño? Una Omera te arrancará la cabeza.

Hugo sonrió.

—No si llamamos a la correcta.

Capítulo 28

Endera se estremeció. Se notaba algo pesado sobre la barriga. Lo tocó con el dedo y recibió un quejido como respuesta.

—¿Dónde estamos? —preguntó Nelly, aturdida.

—Pues no lo sé —dijo Endera y apartó a la chica. Lo único que recordaba era aquella oscuridad que daba vueltas y luego las esquirlas de hielo que le calaban los huesos y, después, ese lugar. Se sentó. Glorian estaba tumbada a su lado. Le dio un codazo a la brujiza.

—Despierta, Glorian.

—¿Qué ha pasado? —preguntó Glorian, llevándose una mano a la cabeza.

—La estúpida de Abigail ha usado magia contra nosotras. —Endera prácticamente escupió las palabras.

Era una magia muy potente.

—¿Y a dónde hemos ido a parar? —preguntó Nelly otra vez.

Endera deseó tener una respuesta, algo simple como: «La asquerosa de Abigail nos ha mandado a las mazmorras». Muy fácil. O «La sucia soplona esa nos ha transportado a las marismas». Podrían volver andando a casa. Pero ese lugar… ese lugar era diferente. Sobrenatural.

Endera echó un buen vistazo a su alrededor.

La niebla hacía que fuera difícil ver las cosas con claridad en la tenue luz. Solamente podía distinguir las paredes de roca maciza que las rodeaban.

—¿Hola?

Su voz hizo eco en la sala.

—¿Hay alguien ahí? —añadió Glorian.

Un chirrido hizo que se quedaran quietas. Era como si alguien, o algo, hubiera pasado una uña larga por una piedra.

—Tengo magia y no tengo miedo de usarla —gritó Endera, aunque se le quebró un poco la voz.

—Sí, tenemos *maaaagia* —gritó Nelly con su voz más desagradable—. Magia de bruja.

El sonido chirriante volvió otra vez, como si algo se estuviera arrastrando desde una esquina.

—Deliciossso —susurró una voz.

El susurro de la palabra hizo eco y las envolvió, como si se hubiera reunido una multitud.

—No estamos deliciosas —gritó Endera—. Estoy rancia y Nelly está dura y correosa.

¿De dónde venían estas voces? Parecían resonar desde todos los rincones de la sala.

—Mmmm, yo creo sí.

El susurró flotó a través de la niebla, seguido del sonido de uñas mientras la bestia invisible se arrastraba hacia Endera. Casi podía notar su aliento caliente en la nuca.

—Yo cre-cre-creo que no —tartamudeó Endera cuando el miedo le atenazó la garganta. Alzó la palma hacia el ruido y lanzó un rayo de fuego de bruja.

Chisporroteó contra la piedra, a la que no le hizo ni un arañazo.

Las tres chicas se apiñaron hasta que se tocaban las espaldas.

—Muéstrate. No seas cobarde —soltó Endera.

—Tengo tannnta hambre —chirrió la voz a su espalda.

Endera se dio la vuelta y lanzó un chorro potente de fuego de bruja por encima del hombro de Nelly.

—¿Dónde está? —preguntó.

—Estaba ahí, muy cerca, lo juro —dijo Nelly—. Lo he oído.

Endera movió una mano para intentar quitar la niebla que le nublaba la visión. Lo único que podía distinguir eran las paredes de piedra escarpada por todos lados.

A menos que... echó la cabeza para atrás, miró hacia arriba y empezó a chillar.

Directamente sobre sus cabezas había montones de arañas gordas que colgaban de hilos brillantes. Daban vueltas perezo-

samente en la tenue luz. Sus cuerpos liláceos casi negros eran del tamaño de calabazas grandes. Los múltiples ojos les brillaban con hambre mientras contemplaban a las tres brujas.

Nelly y Glorian le siguieron la mirada y gritaron al unísono.

—Endera, ¿qué hacemos? —preguntó Nelly cuando dejó de gritar.

Endera pensaba a gran velocidad.

—Mi madre vendrá a buscarnos. Sé que lo hará. Solo tenemos que esperar a que llegue.

Las telas de araña cruzaban la sala por encima de sus cabezas y muchos metros hacia arriba.

—Dejadnos en paz —gritó Endera—. Somos brujas Tarkana. La Gran Araña Madre es nuestra guardiana. No podéis hacernos daño.

—¿Haceros *daaaaño*?

—Una de las arañas se deslizó hacia abajo por un hilo de tela fino hasta que se puso a su altura. Tenía un gran grupo de ojos en el centro de la cabeza y tres pares más pequeños a su alrededor. Todos la miraban.

—¿Hemos dicho que os haríamos *daaaaño*?

Dos arañas más se deslizaron y se pusieron delante de Glorian y Nelly.

Endera parpadeó y se vio reflejada en la multitud de ojos. Estaba mareada. Nelly y Glorian se balanceaban a su lado.

—Has… has dicho que tenías hambre. Que éramos deliciosas.

La araña le sostuvo la mirada.

—Y lo *soisss*.

Entonces inclinó el cuerpo y un chorro de hilos de seda rodearon a Endera.

Las otras dos arañas hicieron lo mismo con Glorian y Nelly.

Endera gritó una vez y, al momento, la telaraña sedosa la hizo callar.

Capítulo 29

Abigail se paseaba por su habitación; la culpa impulsaba cada paso que daba. No solo había mandado lejos a esas brujizas, sino que las había condenado a una muerte segura a manos de algún monstruo de ocho patas. Ahora Calla tenía el libro de hechizos y no tenía ni idea de dónde encontrarla. Si hubiera mantenido la boca cerrada, no estaría metida en este lío.

Dejó de andar. Tampoco servía de nada echarse la culpa. Tenía que solucionar esto y, para hacerlo, tenía que salir de la habitación, encontrar a Calla y recuperar ese libro de hechizos.

Se puso una capa y abrió la ventana. Estaba preparada para bajar por la hiedra, pero se quedó sin aliento.

Alguien había cortado las ramas del alféizar.

Madame Vex.

Debía de haber deducido que Abigail se escapaba por ahí. Cerró la ventana, se dejó caer al suelo y se abrazó las rodillas. Ahora ya nunca podría salir de su habitación. Aquellas chicas estaban prácticamente muertas y a ella la exiliarían del aquelarre para siempre. La idea hizo que se le llenaran los ojos de lágrimas.

Algo golpeó la ventana. Notó una punzada de esperanza.

Se puso de pie de un salto y abrió la ventana con rapidez.

—¡Hugo!

Hugo iba a lomos de la Gran Mamá, que planeaba silenciosamente. Calla se agarraba con fuerza a su cintura, parecía aterrorizada.

—¿Te llevamos? —preguntó Hugo con calma, como si volar a lomos de una Omera fuera una cosa la mar de normal.

—Pues sí. —Subió a la repisa y lo cogió de la mano. Él tiró de ella y la puso delante. Acababa de colocarse bien cuando la Gran Mamá batió las alas y se alejó volando.

Abigail quería gritar de alegría por la sensación de volar por encima de los tejados de la Fortaleza Tarkana.

Hugo guio a la Omera hasta un claro que limitaba con las marismas, en la parte más alejada de Jadewick.

Abigail entrevió una pequeña chabola entre las marismas antes de que la Gran Mamá descendiera y aterrizara. Se bajó del lomo de la Omera deslizándose y se apresuró a acariciar a la criatura en el pico.

—¿Cómo están tus pequeñuelos? —preguntó mientras los otros dos bajaban de un salto.

La Gran Mamá le dio un empujoncito y puso los ojos en blanco.

Abigail rio.

—Dan mucho trabajo, estoy segura. Saluda a Waxer de mi parte y dile a Vexer que no se meta en líos. Dale a Starfire un beso por mí.

La Omera resopló, alzó el vuelo y empezó a volar.

Abigail se dio la vuelta y le dio a Hugo un buen achuchón.

—¿Cómo has conseguido que te ayude la Gran Mamá?

—Silbé así. —Hugo se puso dos dedos entre los dientes y dio un silbido desafinado. Sonrió con remordimiento—. Pero no pasó nada, así que Baba Nana usó un conjuro para llamarla. La Gran Mamá casi nos come al aterrizar, pero entonces le dije que necesitabas ayuda. Es extraño pero entiende las cosas.

Abigail se giró hacia Calla.

—Cogiste el libro de hechizos de Melistra. ¿Sabes en el lío en el que me has metido? Si no devuelvo ese libro antes de que acabe el día, me van a exiliar del aquelarre.

Calla palideció.

—Lo siento, Abigail. Fui muy egoísta. Pero no te preocupes, Baba Nana nos ayudará a solucionarlo.

—¿Quién es Baba Nana? —preguntó Abigail, pero Calla ya había salido corriendo hacia aquella chabola desvencijada.

—Es su madrina —dijo Hugo—. Usará el libro de hechizos para ayudar a Calla a romper la maldición de la que es víctima.

Abigail frunció el ceño.

—¿Qué maldición?

—La maldición de la imbrújil. Va, ¡date prisa! No tenemos mucho tiempo.

Dentro de la chabola, Abigail parpadeó para que los ojos se le ajustaran a la tenue luz interior. El lugar era un desastre. Los platos se amontonaban en el fregadero. El polvo cubría todas las superficies. Un rátalo pequeño corrió por el suelo y desapareció por un agujero de la pared.

Una mujer vieja de cabello gris encrespado estaba acurrucada en una mesa. Tenía la cara arrugada como una ciruela pasa. Sus ropas no eran más que un montón de harapos.

El libro de hechizos de Melistra estaba abierto delante de ella. Murmuraba para sí misma mientras pasaba el dedo por encima de una página.

Hoooola, bruja oscura.

Abigail se asustó por el susurro de bienvenida. Miró a su alrededor, pero nadie más lo había oído. Parecía que el libro solamente la llamaba a ella. Tenía ganas de tocarlo.

Sí, acércate. Tienes tanto poder.

La vieja cerró el libro de golpe, levantó la cabeza y miró a Abigail.

—Tú eres la brujiza que ha usado el libro. ¿No sabes lo peligroso que es?

—No lo pensé. Solo... Glorian me dijo que no sabía usarlo y...

Baba Nana resopló.

—Y tenías que demostrar que se equivocaba, claro. Igualita que tu madre. Lissandra siempre fue tozuda.

—Lo siento, Abigail —dijo Hugo—. He tenido que decirle la verdad para que nos ayudara.

—¿Conocía a mi madre? —preguntó Abigail.

Baba Nana hizo un ademán con la mano.

—Ahora no, niña. Tenemos que traer a esas brujizas de vuelta.

—Entonces, deme el libro de hechizos —dijo Abigail—. Se lo llevaré a Melistra y ella lo solucionará.

Baba Nana negó con la cabeza.

—No hay tiempo, niña. Cada minuto que nos retrasamos, tus amigas están más al borde de la muerte. Y si mueren, serás como yo. Expulsada para siempre.

Abigail se acercó más.

—Entonces ¿cómo invertimos el hechizo?

—No será fácil. Has enviado a esas brujizas al inframundo.

—¿El inframundo? —preguntó Hugo—. ¿Dónde está eso?

—Es donde los dioses envían a las criaturas desterradas —explicó Baba Nana—. Allí gobiernan las Arachnias, una raza de arañas desagradables y voraces. Su reina es Octonia, una bestia de ocho patas que te chupar la sangre hasta dejarte seca. Seguramente ya habrán capturado a las brujizas. Tendrás que ir allí, encontrarlas y convencer a Octonia para que las suelte.

—¿Y cómo podemos hacer eso? —preguntó Abigail, pensando ya que el plan sería un fracaso.

Baba Nana se echó a caminar.

—Tu única esperanza es ser más inteligente que Octonia. Proponerle un intercambio, algo que quiera más que a tus amiguitas.

—¿Como qué? —preguntó Hugo.

—Tendremos que pensar en algo más tentador que tres jóvenes brujizas —reflexionó Baba Nana—. Las Arachnias tienen un apetito voraz, pero no son muy listas. Si no recuerdo mal, la reina Octonia es muy engreída. —La vieja bruja rebuscó en la encimera, de la que cayeron varios tarros, y cogió un espejo de mano. Le echó un escupitajo y limpió el cristal—. Es tan vanidosa que esto puede funcionar —murmuró.

—¿Un espejo? —preguntó Abigail no muy convencida.

Baba Nana se lo puso en las manos.

—Depende de ti convencerla de que es un trato que merece la pena. Cuando recuperes a tus amigas, no te entretengas. Debes recitar el hechizo para volver, *dominus delirias daloros*, tres veces.

Abigail se guardó el espejo en el bolsillo de la capa, recitando las palabras para sí misma.

—Te acompaño —dijo Hugo.

—Yo también —añadió Calla—. Esto es, en parte, culpa mía. Quiero ayudar.

Por mucho que quisiera compañía, Abigail no podía poner en riesgo la vida de sus amigos.

—No, es demasiado peligroso, Hugo. No tienes magia. Y lo siento, Calla, pero tú tampoco.

—No me importa. Pienso ir —dijo Hugo—. Necesitarás ayuda.

—Y yo también. Está decidido. —Calla estaba pálida pero resuelta. Cogió la mano de Hugo y le ofreció la otra a Abigail.

Esta dudó.

—¿Estáis seguros?

Calla le agarró la mano y le dio un apretón.

—Será mi primera aventura. Venga, Baba Nana, conjura el hechizo y nos iremos.

—Ten cuidado, mi niña. —La vieja se acercó y le acarició la mejilla a Calla con una mano huesuda—. Eres lo único en el mundo que le importa a esta vieja bruja.

—Lo tendré. Pero, por favor, mientras no estemos, intenta encontrar algo en ese libro que pueda ser de ayuda para romper la maldición de la imbrújil —dijo Calla.

Baba Nana asintió y se lamió los labios mirando a Abigail.

—¿Estás preparada?

Abigail asintió.

Baba Nana levantó el libro de hechizos y empezó a recitar las palabras:

—*Gally mordana, gilly pormona, gelly venoma.*

Abigail notó un hormigueo que le subía por la espalda y un viento intenso le sopló en el rostro. El frío le caló hasta los huesos y se la tragó la oscuridad.

Capítulo 30

—¿**D**ónde estamos? —preguntó Calla.

Hugo se incorporó. Había roca maciza por todos lados. Una ligera niebla flotaba en el aire fresco. Definitivamente no era la choza de Baba Nana.

—Este es el inframundo, supongo —dijo él—. Pero ¿cómo salimos de aquí?

—Por arriba —dijo Abigail, señalando.

Hugo miró hacia arriba. Una masa de telarañas, que con un poco de suerte estarían vacías, iban de un extremo al otro de la abertura.

—Parece que nos toca escalar —dijo enérgicamente.

—Ojalá no hubiera abierto ese estúpido libro de hechizos —dijo Abigail con un suspiro.

—Lo hecho está —dijo Hugo—. Ahora tenemos que solucionarlo. —Examinó los hilos—. Son pegajosos, pero creo que aguantarán nuestro peso.

Hugo subió primero. La seda de las arañas se le pegaba en el pelo y en la cara. Se la quitaba constantemente, pero pronto se le llenaron las manos y también se le manchó la ropa.

Las dos chicas lo seguían de cerca. Nadie se quejó, aunque los brazos les dolían cuando por fin llegaron arriba, a un saliente. Se quitaron las telarañas que llevaban pegadas al pelo y a la ropa y echaron un vistazo a su alrededor. Había un par de túneles que iban en direcciones opuestas.

—¿Y ahora por dónde? —preguntó Calla.

Aguzaron el oído, pero solo había silencio.

Hugo señaló hacia la derecha.

—Propongo que vayamos por este y veamos a dónde nos lleva. Si no tiene salida, volvemos y probamos con el otro.

—Pues yo propongo que nos separemos —dijo Abigail—. Cubriremos más terreno. Tú y Calla, id juntos.

Hugo dudó, pero Abigail ya se había ido corriendo por el primer túnel.

—Silba si te metes en problemas —dijo él.

Abigail parecía preocupada. O culpable. Él lo entendía, pero no era culpa suya. Ella no quería hacer daño a esas brujizas.

—Venga, vamos —le dijo a Calla.

Empezaron a recorrer el otro túnel, moviéndose con cuidado entre las rocas. El aire era frío, pero había suficiente luz para ver. Del techo goteaba agua y, de vez en cuando, les salpicaban gotas frías. Había hilos de telaraña colgando de las paredes. Hugo seguía esperando que unas arañas gigantes les saltaran encima.

Llegaron a otra cámara que bajaba varios pisos, donde había varias arañas que tejían telas enérgicamente. Pasaron de puntillas y no hicieron ningún ruido hasta que estuvieron bien lejos.

—¿Crees que las encontraremos a tiempo? —preguntó Calla.

—Eso espero.

—No tendría que haber cogido el libro de hechizos —dijo Calla, retorciéndose las manos con nerviosismo.

El científico que había en él no podía rebatírselo.

—Pues no, la verdad. Melistra ya las habría traído de vuelta.

Ella hizo un mohín y se sorbió las lágrimas.

Caminaron en silencio mientras Hugo pensaba qué decir.

—Bueno, si yo hubiera tenido la oportunidad de obtener magia, quizá lo habría cogido también.

Calla esbozó una sonrisa y se secó las mejillas con la manga.

—Gracias, pero parece que hemos perdido el tiempo.

Hugo se dio cuenta de que habían llegado a un callejón sin salida. El camino estaba bloqueado por unas piedras que se habían desprendido. Tendrían que dar la vuelta y esperar que Abigail hubiera tenido más suerte.

Se giraron para irse cuando Hugo notó unas cosquillas en la cara por una débil brisa. Se detuvo y se dio la vuelta para examinar la barrera.

—Tiene que haber una abertura en algún lugar —dijo—. Ayúdame a mover estas piedras.

Con esfuerzo, movieron y levantaron algunas piedras para sacarlas del camino. Al cabo de un rato, apareció una pequeña abertura.

—Quédate ahí —la avisó Hugo en voz baja—. Puede que haya un ejército de arañas esperando. —Entró gateando con cuidado.

—¿Qué ves? —susurró Calla—. ¿Hay arañas?

—No. Es... ¡Qué preciosidad!

Calla se apretujó detrás de él.

—¡Ay, por todos los dioses!

Se pusieron de pie y se quedaron boquiabiertos.

Se encaramaron a un saliente que había en el interior de esa cueva enorme. El techo estaba iluminado con cristales que brillaban débilmente como estrellas diseminadas. Debajo había un estanque rodeado de helechos. Algunos insectos de color lila zumbaban por encima del agua, agitando rápidamente sus alas dobles mientras sobrevolaban la superficie. Tenían un cuerpo tan largos como Hugo.

—¡Son libélulas! —dijo Calla—. Unas muy muy grandes.

—¿Y qué hacen aquí? —preguntó Hugo.

—Quizás les podamos pedir ayuda. Puede que sepan cómo salvar a las brujizas de las Arachnias.

Antes de que Hugo pudiera disuadirla, ella dio un gritito.

—¡Hola! Somos amigos que necesitan ayuda.

El aleteo cesó de inmediato. Un enjambre de insectos se elevó del suelo al unísono y empezó a dirigirse hacia ellos, zumbando con fuerza.

Hugo dio un paso atrás.

—Mmm. Calla, creo que no ha sido buena idea.

—No digas tonterías. Son libélulas. No nos harán daño.

Pero en cuanto dijo estas palabras, la libélula líder abrió las fauces, enseñando un montón de dientes afilados. Parecía que iba a arrancarle la cabeza.

Hugo la empujó y la echó a un lado.

—¡Parad! —gritó él—. ¡Estamos aquí para derrotar a la reina Octonia!

El enjambre de libélulas dudó y se detuvo en el aire.

La libélula líder aterrizó sobre el saliente. Tenía los ojos grandes y protuberantes; Hugo se reflejaba en su profundidad metálica.

Sus alas dobles transparentes aleteaban con delicadeza. Tenía el cuerpo lila y verde con matices azules y le salía una corona dorada de la cabeza, como si formara parte del cuerpo de la libélula.

—¿Quién os envía? —Su voz era grave, imponente, somo si estuviera acostumbrada a ser obedecida.

—Nadie. Han enviado a unas brujizas por accidente —dijo Hugo—. Hemos venido para rescatarlas de la reina Octonia.

—¡Imposible! —dijo la majestuosa libélula—. La reina Octonia es invencible. ¡Marchaos o moriremos todos!

Capítulo 31

Abigail recorría el túnel ciñéndose bien la capa. El lugar olía a moho y a humedad, como si hubiera huesos en descomposición. Llevaba andando lo que parecían horas, pero el túnel se prolongaba hasta ser una línea interminable. A esas alturas, la reina Octonia ya habría devorado a las brujizas y le apetecería más carne fresca.

Casi prefiero que me coma, pensó Abigail con tristeza. Cualquier cosa era mejor que el exilio.

Con un solo hechizo había tirado a la basura su futuro. Ahora nunca sería una gran bruja. Ni siquiera sería bruja.

Abigail se detuvo y trató de olvidar el nudo de dolor.

Le quitarían la magia. Se miró las manos, preguntándose si dolería.

Pero ¿era peor que lo que habrían sufrido las aprendices que ella misma había enviado allí?

Las lágrimas le nublaron los ojos mientras continuaba andando. No tenía derecho a sentir pena por sí misma. Todo eso era culpa suya. El túnel empezaba a subir y Abigail llegó a un arco de piedra que tenía una araña tallada en la parte más alta.

La guarida de la reina Octonia.

Con cuidado, Abigail miró alrededor de la abertura.

Una enorme cueva se abría delante de ella y unas arañas negras y brillantes trepaban por las telarañas que se estiraban de lado a lado. En el centro de la cueva, tres objetos grandes colgaban suspendidos de telas de araña. Estaban envueltos en seda blanca, como fardos de algodón.

Abigail miró hacia abajo. Muy muy abajo, en el suelo de la cueva, los huesos esparcidos creaban un dibujo inquietante. Una corriente sopló hacia arriba y balanceó la telaraña.

Cerca del techo, una araña monstruosamente grande estaba sentada en un saliente. Era más grande que una Omera y dos veces más ancha.

Esa tiene que ser la reina Octonia.

Montones de bolas peludas grises estaban amontonadas detrás de ella en una retorcida pila.

Abigail se dio cuenta con un escalofrío de que eran huevos.

Un par de arañas empezaron a hacer rodar una de las figuras inmóviles a través de la tela de araña y la acercaron a la reina. La araña gigante extendió una pata peluda y la tocó.

—¡Mmmm! —La voluminosa araña enterró el rostro en el bulto sedoso, como si estuviera inhalando el olor—. Delicioso y fresco… vuestra reina está complacida.

La reina de las Arachnias se acercó a la chica y enseñó un par de colmillos relucientes, lista para morder a la aprendiz envuelta en telarañas.

—¡No tan deprisa! —gritó Abigail, lanzando una ráfaga de fuego de bruja a través del abismo. Rebotó en el lomo de la reina y un grito agudo resonó en las paredes.

—¡Intrusa! —chilló la reina—. ¡Matadla!

Inmediatamente, la colonia de arañas empezó a correr hábilmente a través de la telaraña hacia Abigail. Repetían las palabras de la reina una y otra vez en un fuerte coro.

—*Matadla. Matadla.*

Abigail tenía una bola de fuego de bruja parpadeante sobre la palma de la mano.

—Acercaos a mí y quemaré ese montón de huevos. —Lanzó una ráfaga de aviso por encima de las inquietas bolas grises.

—¡Parad! —Les ordenó la reina y las arañas que se acercaban se detuvieron. Se puso delante de los huevos—. No te atrevas a dañar a mis preciosos bebés.

Abigail tenía preparada otra bola de fuego de bruja.

—Devuélveme a mis amigas y os dejaré en paz.

La reina rechinó los dientes y movió una pata hacia la colonia de arañas.

—¿Por qué te las iba a devolver con tantas bocas que alimentar?

—Porque te puedo dar una cosa a cambio, un regalo especial para ti mucho mejor que unas brujizas flacuchas.

La reina se quedó en silencio. Abigail contuvo el aliento y esperó a ver si picaba el anzuelo.

—¿Un regalo, dices? —Castañeteó los dientes con emoción—. Me encantan las sorpresas. Acércate para que pueda ver el regalo.

Las Arachnias se dispersaron de inmediato y luego formaron una fila que se mecía y que iba desde donde estaba Abigail hasta donde estaba posada la enorme araña. Dejó que se apagara el fuego de bruja y dio un tambaleante paso sobre el lomo de la primera Arachnia. Fue de araña en araña, usando los torsos duros como piedras en un río.

En un momento se plantó en el saliente donde aguardaba la reina. Octonia tenía seis pares de ojos y con cada uno de ellos la examinaba atentamente. Las diminutas arañas recién nacidas reptaban por el cuerpo de la enorme Arachnia. La reina Octonia mecía cariñosamente a las recién nacidas de un lado a otro.

—Qué delicioso por tu parte entrar en mi reino. —Se acercó a ella—. Qué cosa más fresca y joven. Mis recién nacidas van a disfrutar comiéndote.

—Exijo que liberes a mis amigas —dijo Abigail con valentía—. Las brujas Tarkana tienen a la Gran Madre de las arañas como tótem.

La araña movió una peluda pata hacia ella.

—La Gran Madre se ha olvidado de nosotras. Vivimos en la nada, ni aquí ni allí. ¿Por qué nos habría de importar lo que opine?

Abigail se encogió ligeramente de hombros.

—Entonces, supongo que no quieres oír cuánto te echa de menos y las ganas que tiene de que vayas a verla. Te envía un regalo muy especial, solamente para ti. Pero si no lo quieres, adelante. Cómeme. —Cerró los ojos y esperó.

Se oyó un suave chirrido cuando la reina se acercó más, deslizándose.

—Muéstrame ese regalo —canturreó—. Debe de ser valioso para la Gran Madre si te ha enviado desde tan lejos.

Abigail casi sonrió. Baba Nana tenía razón. Las Arachnias no eran muy listas.

Abrió los ojos.

—Bueno, la Gran Madre me dijo que tú eras la araña más hermosa de todos los reinos.

—¿Lo soy? —La reina parecía sorprendida—. Yo ya lo sabía, por supuesto, pero que lo diga la Gran Madre...

—Te envía un regalo para que lo puedas ver por ti misma. —Abigail empezó a sacar el espejo, pero entonces dudó—. Si te lo doy, tienes que prometerme que nos dejarás ir a casa para que le podamos decir cuánto te ha gustado su regalo.

La reina Octonia hizo un ademán de impaciencia con la pata.

—Sí, sí, te doy mi palabra. —Le brillaban los ojos con ansia—. Muéstramelo ahora, antes de que cambie de idea y te devore.

—Primero voy a liberar a mis amigas.

Abigail lanzó fuego de bruja por encima de la figura envuelta en un capullo que estaba a los pies de Octonia y cortó la gruesa tela de araña.

Endera se incorporó y rasgó todos los hilillos de seda. Daba bocanadas para coger aire mientras miraba a su alrededor.

—¿Madre? ¿Has venido a buscarme? —Cuando vio a Abigail, la cara se le contrajo de la rabia—. ¡Tú! Todo esto es culpa tuya. Te lo juro, recibirás tu merecido por esto.

—Sígueme el rollo —susurró Abigail—. Tienes que confiar en mí. Ve y libera a Glorian y a Nelly.

Endera se liberó del resto del capullo que la envolvía y retrocedió, dando pisotones furiosos a través de la gruesa tela de araña. Unas cuantas ráfagas rápidas de fuego de bruja y las otras dos brujizas estaban fuera de sus capullos.

—¿Es hora de comer? —gimió Glorian mientras se quitaba los hilos pegajosos.

—Cre-creo que estamos a punto de ser la co-comida. —La voz normalmente desagradable de Nelly temblaba por el miedo.

Abigail se volvió hacia la reina.

—Y ahora, su majestad, aquí tenéis el regalo que envía la Gran Madre. —Sacó el espejo con una floritura.

La araña murmuró, complacida.

—¿Qué exquisitez es esta? —Alargó una pata y le arrebató el objecto. Lo sostuvo cerca y lo movió por delante de todos sus ojos—. ¡Qué belleza! ¡Qué perfección!

—Entonces, nos podemos ir —dijo Abigail. Retrocedió y caminó a través de las telarañas hasta que se unió a las otras tres brujizas.

—Esto no funcionará nunca —espetó Endera—. Propongo que empecemos a dispararles.

—No, solo continuad retrocediendo —dijo Abigail.

Se alejaron y se dirigieron hacia la entrada del túnel.

Y entonces, la reina Octonia se rio. El sonido resonó en la gigantesca cueva cuando dio una gran carcajada. Dejó el espejo a un lado y empezó a reptar a través de la tela de araña hacia ellas. Se balanceaba por el peso.

—No pensabas en serio que os dejaría ir, ¿verdad? ¿Por qué crees que la Gran Madre me exilió aquí en primer lugar? Porque tenía celos de mi belleza. Así que sé que ella no me ha enviado el espejo, lo que significa que mientes.

—Ya te he dicho que no funcionaría —dijo Endera, alejándose.

La reina se acercó aún más reptando, paseando la mirada por encima del cuarteto.

—Debo decir que sois el bocado más fresco que se nos ha presentado en años. Mejor que esas libélulas rancias que llevamos comiendo durante todos estos siglos.

Capítulo 32

Hugo y Calla estaban sentados bajo un helecho gigante. Las libélulas los habían bajado hasta un claro cubierto de musgo. Había varios capullos que colgaban del envés de las hojas de los helechos. También había libélulas posadas en todas las ramas, que escuchaban a su líder, el rey Karran. Les explicaba cómo habían llegado al inframundo.

—Trajeron aquí a nuestra colonia hace miles de años —empezó—. Odín nos desterró al inframundo por morder en el cuello a su mujer, la reina Frigga. Fue un error —explicó—. Mi tatarabuelo creía que Frigga iba a matar a su pareja, pero solo admiraba su belleza. Odín exilió a toda nuestra colonia.

—Eso suena horrible —dijo Hugo—, pero necesitamos vuestra ayuda de verdad. Estamos buscando a unas brujizas. Mi amiga lanzó un hechizo y las trajo aquí. Si no las llevamos de vuelta, la exiliarán de su aquelarre, como os pasó a vosotros.

—Eso no es problema nuestro. Sugiero que abandonéis este lugar lo más rápido posible, antes de que las Arachnias os encuentren y compartáis su mismo destino.

—Pero las matarán si no las rescatamos —dijo Hugo.

—¿Crees que no lo sabemos? —Al rey Karran se le estremecieron las alas—. Nos hemos atrincherado aquí dentro, pero esas crueles Arachnias escarban y logran atravesar las paredes. Nos roban las crías y no las podemos detener.

Calla se inclinó hacia delante.

—Entonces, ¿por qué no contraatacáis y les demostráis que no lo vais a tolerar más?

La libélula real agachó la cabeza, avergonzada.

—Lo intentamos hace muchos años —dijo con suavidad—. Preparamos un ataque. Perdimos muchas libélulas aquel día. Son demasiadas, nos superan en número con creces. No tenemos posibilidad de ganar.

—No os podéis dar por vencidas —dijo Calla—. Tenéis que seguir intentándolo. Todo el mundo me dice que solo soy una imbrújil sin poderes, pero nunca pararé de intentar obtener mi magia.

—Calla tiene razón —dijo Hugo—. Tenéis que defenderos o seguirán arrasando vuestra colonia. Por favor, ayudadnos.

Las libélulas que estaban en los helechos empezaron a zumbar más fuerte. Karran asintió varias veces mientras escuchaba. Finalmente, dijo:

—La colonia ha hablado. Aceptamos que no podemos vencer a las Arachnias.

Hugo se hundió. Eso era todo. Estaban solos.

—Pero podemos ayudaros a rescatar a vuestras amigas —añadió Karran—. Puede que así los dioses crean conveniente perdonarnos y sacarnos de este lugar.

Capítulo 33

El intento de Abigail de rescatar a Endera y a sus secuaces no iba bien. De hecho, las cosas habían ido de mal en peor.

La reina Octonia se había alzado imponente ante ellas, chascando las pinzas. De los colmillos le goteaba veneno tóxico.

—Debería hacerte añicos —soltó Endera, mirando a Abigail con enfado—. Convertirte en un montón de ceniza.

—Vale, lo pillo, estás enfadada —dijo Abigail—. Pero ahora mismo tenemos que centrarnos.

Las arañas se acercaban por todas partes. La tela de araña se estiró para soportar el peso de las chicas y de la reina Octonia.

Nelly y Glorian lanzaron fuego de bruja, dándole a cualquier araña que se acercaba demasiado.

—¿Cuál es el plan, Endera? —preguntó Nelly.

—Sí, siempre tienes un as bajo la manga —añadió Glorian.

—Solo tienes que usar el libro de hechizos para llevarnos a casa —le soltó Endera a Abigail mientras le lanzaba dos ráfagas simultáneas a una araña que siseaba.

—No lo tengo.

—¿Qué? Entonces, ¿por qué estás aquí?

—Conozco el hechizo para volver a casa —dijo Abigail—. Pero no podemos dejar a Hugo y a Calla aquí.

Endera resopló de incredulidad.

—¿Hugo y Calla? No será ese apestoso chico balfin que te sigue a todas partes… ¿Qué puede hacer? Y Calla es una imbrújil, ¿de qué sirve? ¡Yo digo que nos lleves a casa ya!

Nelly y Glorian metieron baza para apoyarla.

—¿Sabéis qué? Estoy empezando a pensar que quizás debería haberos dejado envueltas en esos capullos de ahí arriba —murmuró Abigail.

—Ya está bien de cháchara —susurró la reina Octonia—. ¿Cuál de vosotras quiere ser devorada primero? Quizás la regordeta. —Lanzó un pegote de telaraña a Glorian, pero Endera se movió con rapidez, lo atacó y lo desintegró en un montón de ceniza.

—Di el hechizo, Abigail, o estamos perdidas.

Endera tenía razón. En cualquier momento, las arañas las vencerían. La telaraña se balanceaba conforme las rodeaban por completo.

La telaraña. Eso era.

—Tenemos que lanzar el fuego de bruja hacia abajo, hacia la telaraña —dijo en voz baja.

—¿Qué? —Endera miró a Abigail como si estuviera loca—. Pero nos caeremos y nos romperemos el cuello.

—¿Quieres quedarte aquí y que te chupen la sangre y te dejen seca? Adelante. Propongo que nos deshagamos de Octonia de una vez por todas.

Endera se quejó, pero no se opuso. Las cuatro brujizas empezaron a lanzar fuego a la tela de araña y quemaron gran parte de ella.

Octonia se dio cuenta del peligro cuando era demasiado tarde. Chilló cuando la telaraña se vino abajo.

Abigail se agarró a unos hilos que colgaban para no precipitarse al vacío. La telaraña se le resbaló de los dedos y empezó a ver el suelo demasiado cerca. Acabarían estampándose contra un montón de huesos rotos.

De repente, oyeron un zumbido que provenía de abajo y un enjambre de insectos liláceos salió de un túnel. Al frente iba la libélula más grande que Abigail había visto nunca. Llevaba una corona dorada, pero lo más extraño era la persona que la montaba.

Hugo.

Calla apareció montada en el lomo de otra libélula, directa a Abigail.

—Ya te tengo —dijo Calla mientras la cogía. Abigail aterrizó con un sonido sordo sobre el lomo.

Cada una de las otras chicas aterrizó sobre una libélula. Glorian hizo que la suya cayera en picado, pero batió las alas con fuerza y recobró el vuelo.

—¡Hugo, nos has salvado! —dijo Abigail.

—Calla ha ayudado —dijo Hugo y se sonrojó—. Abigail, te presento al rey Karran.

—No es momento para la cháchara. Salgamos de aquí —dijo Endera, y dirigió a su libélula hacia el túnel.

Por una vez, Abigail estaba de acuerdo con ella. Sobre todo ahora que el plan para destruir a Octonia había fracasado. Las arañas habían lanzado telarañas rápidamente para salvar a su reina, quien colgaba a salvo en la tela que estaba por encima de ellas.

—A por ellos —gritó Octonia mientras el escuadrón de libélulas se dirigía hacia el túnel. El ejército de arañas se dejó caer como piedras al suelo de la cueva.

Hugo y las chicas bajaron zumbando hacia el túnel a lomos de las libélulas. Detrás de ellos, el sonido del correteo y los chasquidos de las arañas que los perseguían retumbaba en las paredes. Después de un vuelo temerario a una velocidad vertiginosa, aparecieron en una cueva enorme. Las libélulas se detuvieron, batieron las alas y se estremecieron por el agotamiento cuando los chicos desmontaron.

—¿Y ahora qué, Hugo? —dijo Abigail.

—Usa tu magia para bloquear el túnel.

Abigail se puso en fila junto a Endera, Glorian y Nelly. Empezaron a atacar la entrada con brillantes ráfagas de fuego de bruja. Los repiqueteos de las arañas se acercaban. Abigail podía verles los ojos rojos que brillaban en la oscuridad. El túnel no se derrumbaba.

—¡Vamos, chicas, más! —chilló Abigail.

Endera clavó los pies y lanzó dos ráfagas simultáneamente, gruñendo por el esfuerzo. Todas lo dieron todo, pero, aun así, no era suficiente. De repente aparecieron un par de arañas en la cueva.

Hugo y Calla estaban preparados: bombardearon a las intrusas con rocas y las obligaron a volver al túnel. Finalmente, con un fuerte crujido, cayeron pedruscos en la entrada y dejaron a la horda de Arachnias fuera.

Las brujizas dejaron caer las manos, cansadas.

El rey Karran aterrizó a su lado.

—Gracias —dijo Hugo—. Me aseguraré de que Odín se entere de vuestra valentía.

Con seriedad, la majestuosa libélula asintió con la cabeza. Entonces, él y sus súbditos se alzaron como uno solo y salieron volando de la cámara.

—Volvamos a casa —dijo Calla.

Abigail empezó a recitar el hechizo para volver:

—*Dominus delirias daloros.*

Un aire frío se arremolinó a su alrededor.

—*Dominus delirias daloros* —repitió.

Abigail sintió un hormigueo en la piel, como de electricidad.

Abrió la boca para repetir el conjuro una tercera vez, pero antes de que pudiera decir las palabras, la reina Octonia emergió del túnel e hizo que las rocas salieran volando.

—¿Vais a alguna parte? —chilló.

Con los colmillos relucientes, la gigantesca araña se lanzó directamente hacia Endera, pero la brujiza puso a Calla delante. Octonia mordió a Calla en el brazo, retrocedió con rapidez y la arrastró consigo al interior del túnel.

—¡Calla! —Hugo cogió otra roca y la lanzó hacia uno de los ojos de la reina Octonia. La araña chilló y soltó a Calla mientras un moco amarillento salía de la cuenca herida. Hugo cogió a Calla entre sus brazos.

—¡Di el conjuro, Abigail! —gritó Endera.

Abigail dijo el conjuro una última vez y el inframundo despareció. Fue reemplazado por una oscuridad punzante y, entonces, volvieron al claro que había en el exterior de la cabaña de Baba Nana. Era de noche, el aire era frío y húmedo. Las estrellas brillaban en el cielo.

Abigail comprobó que estaban todos allí.

—Lo hemos conseguido —dijo, y se dejó caer con alivio.

—¿Calla? —Hugo se inclinó sobre la chica—. Despierta. Di algo.

Calla tenía el rostro tan blanco como la leche. Tenía los ojos cerrados. Parecía que no respiraba.

Abigail miró a Endera.

—Has hecho que la mordiera.

La brujiza la miró con desdén.

—Todo esto es culpa tuya, Abigail. Desde ahora y hasta el día en que muramos, seremos archienemigas. —Se adentró en los bosques de prisa y corriendo, seguida de cerca por sus amigas.

—¡Endera, espera! —dijo Abigail.

La voz de Baba Nana llegó desde la oscuridad.

—Deja que se vaya, niña. No hay tiempo. Ayúdame a llevar a Calla dentro.

Hugo y Abigail levantaron a la chica y siguieron a Baba Nana al interior de la chabola.

Baba Nana sujetó a Abigail por los hombros.

—Depende de ti, Abigail. Endera traerá aquí a Melistra. No he encontrado nada en el libro que ayude a Calla a encontrar su magia, pero puedes usarlo para curarla. —Le tendió el libro de hechizos.

Abigail lo cogió, dudosa.

—¿Qué quieres decir?

Baba Nana señaló con la cabeza el libro que Abigail tenía ahora en las manos.

—Pídele al libro de hechizos que te dé lo que necesitas. Tu magia hará el resto.

Abigail abrió el libro. Las palabras en la página eran un batiburrillo.

—No sé qué hacer.

—Sí lo sabes —dijo Hugo—. Confía en tu magia.

—¿Qué sabrás tú? —dijo Abigail enfadada; ojalá fuera así de fácil.

Él le puso una mano sobre el hombro.

—Te conozco, Abigail Tarkana. Y sé que puedes hacer cualquier cosa que te propongas.

Abigail respiró hondo. Las palabras de la página se volvieron nítidas.

Prueba con este, bruja oscura. Te gustará.

Un escalofrío helado le recorrió la espalda. Durante un momento estuvo tentada, pero descartó la idea.

—No. Un hechizo diferente —ordenó.

Las hojas se pasaron solas. Examinó la página nueva. De nuevo, un hechizo tentador que no la convencía.

—¡No! ¡Te ordeno que me des el hechizo que necesito!

El libro pasó varias páginas hasta que, de repente, Abigail clavó el dedo en el pergamino. El libro se opuso, como si se estuviera peleando con ella.

Presionó fuerte con el dedo y aparecieron las palabras.

Este es el correcto.

No sabía cómo lo había reconocido, pero ese sí era el correcto. Se puso de pie frente a Calla y le puso una mano en el corazón mientras mantenía el libro abierto con la otra.

—*Cora vivina, cara estima, cura malada.* —Cuando dijo las palabras, un rayo de fuego azul celeste le salió de la mano hacia el pecho de Calla. Era un azul más oscuro e intenso que cualquier otro fuego de bruja que hubiera usado antes.

—¿Qué haces? —gritó Hugo—. ¡Que la vas a achicharrar!

—¡No lo sé! —Empezó a retirar la mano, pero Baba Nana la cogió por el hombro.

—No pares. Está funcionando.

Curiosamente, Calla no parecía afectada por el potente fuego de bruja. Estaba quieta y serena mientras el fuego azul oscuro entraba en ella. A Abigail empezó a temblarle el braz o por el esfuerzo. Se estaba cansando.

—Un poquito más —dijo Baba Nana.

—No puedo —gritó Abigail, sentía cómo se le agotaba la magia. Los brazos le temblaban tanto que dejó caer el libro de hechizos. Una última chispa de luz entró en Calla y entonces el fuego de bruja dejó de chisporrotear. Abigail se arrodilló; estaba sin aliento.

—¿Ha funcionado? —preguntó.

Hugo apoyó la oreja sobre el corazón de Calla e hizo que no con la cabeza.

Capítulo 34

Baba Nana gimió.

—Tiene que funcionar. Ay, mi querida niña. —Meció a la brujiza, que yacía inconsciente—. Vuelve con tu Baba Nana.

Abigail se recompuso y miró el rostro pálido de Calla. ¿Qué había hecho mal? ¿Por qué no había funcionado?

Apartó a Baba Nana y puso una mano sobre el pecho de Calla. Necesitaba un latido. Un latido *firme*. Apretó con más fuerza y envió hasta el último ápice de energía que le quedaba a la mano.

Solo un latido, Calla.

Solo un latido.

Un latido.

Pum.

Calla cogió una bocanada de aire y abrió los ojos de golpe. Abigail se cayó de espaldas.

—¿Qué ha pasado? —preguntó Calla, mirando primero a Baba Nana y después a Hugo.

—La reina Octonia te ha mordido, pero Abigail te ha traído de vuelta —dijo Hugo sonriendo.

Calla parpadeó y se levantó un poco.

—Me siento rara.

En ese mismo instante, la puerta de la chabola se abrió de golpe. Melistra estaba ahí, en la puerta.

—Devuélveme el libro de hechizos —ordenó Melistra.

Como dudó, Melistra extendió la mano y Abigail se agarró la garganta, no podía respirar. Baba Nana dio un paso al frente, se deshizo del montón de harapos y se irguió. De repente era más alta de lo que parecía.

—Deja a la niña en paz, Melistra, o tendrás que vértelas conmigo. —Una terrible bola de fuego de bruja le sobrevolaba en una mano. No se parecía nada a la anciana apocada que habían visto hasta entonces.

—Balastero. ¿Cómo te atreves a interferir? —siseó Melistra—. Debería haberte reducido a cenizas hace mucho tiempo. Esta niña casi mata a mi hija y recibirá su castigo.

—¿Igual que castigaste a Lissandra? —dijo Baba Nana—. No te tengo miedo, Melistra. Y a partir de ahora, no me callaré. Estás avisada.

Melistra abrió los ojos, estupefacta. Al instante, su mirada volvió a ser fría.

—Esto no ha terminado.

Chasqueó los dedos y el libro de hechizos voló a través de la habitación hasta sus manos. En una explosión de humo púrpura, Melistra se desvaneció.

—¿De qué iba todo eso? —preguntó Abigail.

—No te preocupes, niña —dijo Baba Nana. Cogió su capa harapienta, se la puso por encima de los hombros y volvió a ser la figura encorvada otra vez.

—Háblame de mi madre —le pidió Abigail—. ¿Cómo murió?

Baba Nana hizo un mohín.

—Fue una noche terrible. Huía de las Tarkana para siempre y te llevaba con ella.

—¿Por qué abandonaba el aquelarre?

—El tiempo que pasó con Rigel la cambió. Le ordenaron que te dejara en la Guardería y que continuara su trabajo en el aquelarre, pero no soportaba estar separada de ti, así que se fue. No había llegado demasiado lejos cuando esa despiadada criatura la atacó en el bosque.

—¿Un viken? —preguntó Hugo.

Baba Nana parecía sorprendida.

—¿Cómo sabes de la existencia de los viken?

—Porque uno me ha estado persiguiendo —dijo Abigail—, desde que llegué a la Fortaleza Tarkana.

Baba Nana gruñó.

—Debe de tener tu rastro desde aquella noche en el bosque. Fue Melistra quien lo creó. Encontró un viejo libro de hechizos de su antepasada, Vena Volgrim. Soltó a la criatura aquella noche en que tu madre huyó contigo, pero no pude demostrar que lo había hecho.

—Pero ¿por qué hizo algo así? —preguntó Abigail.

Baba Nana apartó la mirada.

—Supongo que creyó que tu madre era una traidora.

Había algo que Baba Nana no les estaba contando.

—¿Y por qué te exiliaron a ti? —preguntó Abigail.

—Porque yo era su profesora. Enseñaba Bestias Avanzadas a las discípulas más prometedoras. Melistra era mi alumna estrella. Dijo al Gran Consejo de Brujas que el viken era creación mía… y que yo lo había soltado. Aseguró que ella no tenía magia suficiente para hacer algo así. Fue lo bastante lista para esconder los diarios de Vena en mi habitación. Lo único bueno es que los destruyeron.

—¿Y qué pasó con el viken? —quiso saber Hugo.

—Lo buscamos, pero no lo encontramos nunca. Yo creo que Melistra lo escondió en algún lugar de las marismas.

—Baba Nana —susurró Calla.

—¿Qué pasa, niña?

—Mira.

Calla alargó la mano. Temblaba mientras giraba la palma hacia arriba. Sobre ella sobrevolaba una pequeña chispa de fuego de bruja.

—¡Tengo magia!

Capítulo 35

Después de prometerse que volverían de visita y de decirse adiós, era hora de volver a casa. Calla estaba prácticamente que explotaba por decirle a todo el mundo que tenía magia.

Empezaron a caminar por el sendero que llevaba a la Fortaleza Tarkana. La luz de la luna iluminaba el recorrido y, por primera vez en semanas, Abigail ya no temía que una bestia rabiosa se les abalanzara desde los arbustos.

—Gracias —dijo Calla, entrelazando el brazo con el de Abigail—. Por si no lo he dicho antes, eres una amiga de verdad.

—No podría haberlo hecho sin Hugo —dijo ella, entrelazando el brazo con el de él.

—No está mal para ser un balfin —bromeó Calla.

Todos rieron; la grava crujía bajo sus pies mientras cruzaban hacia el camino que llevaba a la verja lateral que daba a los jardines.

—Qué raro —dijo Abigail frunciendo el ceño—. Alguien ha dejado la puerta abierta.

—Puede que Endera haya entrado por aquí —dijo Calla.

Entraron en los jardines y se detuvieron junto al bayespino.

—Debería volver a casa —dijo Hugo—, antes de que mis padres organicen una partida de búsqueda.

Se giró para irse, pero Abigail lo sujetó por el brazo para que no se moviera.

Estaba todo tranquilo. Demasiado tranquilo. Era como si todos los animales nocturnos hubieran desaparecido de repente.

—Yo también lo noto —dijo él en voz baja.

—¿Qué creéis que es? —susurró Calla.

De la oscuridad, una bestia saltó en medio del claro. Plantó las enormes zarpas en el suelo y los salpicó de barro y gravilla.

El viken abrió la boca y rugió de forma estruendosa.

Abigail gritó y dio un paso atrás.

—Pensaba que te habías encargado de él.

—Y lo hice —dijo Hugo—, debe de haber escapado de la ciénaga de alguna manera.

Abigail le lanzó una firme ráfaga de fuego de bruja. Le acertó en el hombro y lo hizo rugir de dolor.

Calla se le unió y lanzó unos rayos más pequeños.

—¿Qué hacemos? —preguntó.

—¡Correr! —dijo Abigail.

Huyeron por el camino. El viken les seguía unos pocos pasos por detrás. Abigail seguía girándose y lanzándole fuego de bruja a las fauces, que no dejaban de babear. Hacía que el viken fuera más despacio, pero no lo detenía.

Llegaron al patio y echaron a correr hacia el gran salón.

Solo unos pasos más y estarían dentro.

Un destello verde cayó sobre los pies de Abigail y la lanzó por el aire dando vueltas. Alguien le había disparado fuego de bruja. Desde el suelo, medio aturdida, vio que Hugo y Calla llegaban ya a lo alto de las escaleras sin darse cuenta de que ella no los seguía.

—¡Abigail! —gritó Hugo.

La bestia cayó sobre ella. Un dolor punzante le recorrió el brazo mientras las garras le desgarraban la piel. La sangre templada le empapó el uniforme. Invocó una bola de fuego de bruja y se la metió al viken en la boca. Este aulló, la escupió y le rugió en la cara, llenándola de baba.

Una figura se le lanzó sobre la espalda. Hugo intentaba luchar con él y quitarlo de encima de Abigail.

—¡Déjala, animal asqueroso!

El viken echó la cabeza hacia atrás y lanzó a Hugo por los aires hasta que cayó en suelo empedrado. Gracias a esa distracción, Abigail tuvo tiempo de ponerse en pie.

Se balanceó levemente, estaba mareada. Cuando la bestia saltó hacia ella, invocó el único hechizo que la podía salvar:

—*Gally mordana, gilly pormona, gelly venoma.*

El viken se quedó inmóvil en el aire, suspendido por obra y gracia del hechizo. Tenía la mirada asustada cuando reparó en que le brillaba todo el cuerpo y empezó a sacudirse. Movía las patas frenéticamente intentando alcanzar a Abigail y, entonces, desapareció en una corriente de aire frío.

Abigail estaba a punto de ayudar a Hugo a levantarse cuando un movimiento repentino le llamó la atención.

Melistra apareció de detrás de una columna; estaba furiosísima. Levantó la mano, con la que sujetaba una bola de fuego de bruja, y se preparó para lanzársela a Abigail cuando se encendió una luz en el gran salón. Melistra se retiró hacia las sombras cuando Madame Vex salió apresuradamente. La seguían varias profesoras, todas haciendo preguntas.

Abigail intentó explicarse, pero se mareó y se sumió en la oscuridad.

Capítulo 36

Abigail se despertó con la luz de última hora de la tarde que entraba por la ventana de su habitación del desván. Hizo una mueca por el dolor en el brazo. Se quitó la manta y vio que unos vendajes le cubrían los profundos arañazos que le había hecho el viken. Alguien le había puesto un ungüento acre y le había envuelto las heridas con gasas. Se sentó y casi se atragantó de la sorpresa.

Madame Vex estaba sentada a los pies de su cama, con la espalda bien recta.

—Me alegra ver que estás viva —dijo la directora. Sirvió un vaso de agua de una jarra y se lo pasó.

Abigail le dio un buen sorbo, no sabía qué decir.

—Eres temeraria —continuó Madame Vex con voz cortante—. Casi perdemos a esas tres brujizas por ello. Pero has protegido al aquelarre de esa criatura despiadada, así que no te expulsaremos. Sin embargo, perderás tu broche de Brujiza Principal como castigo por enviar a Endera y a las otras al inframundo.

Extendió la mano.

Abigail cogió el uniforme arrugado, quitó la T dorada y se la devolvió.

Madame Vex se puso de pie.

—Cuando te recuperes, espero que reanudes tus estudios y que te pongas al día con las clases perdidas.

—Gracias, Madame Vex, por permitir que me quede.

La directora se detuvo en la puerta.

—Hace mucho tiempo, tuve una muy buena amiga. Me recuerdas bastante a ella.

—¿Quién era?

—Se llamaba Lissandra. Era una chica ingenua, siempre tenía la cabeza en las nubes. Al final, olvidó lo más importante.

—¿El qué?

Madame Vex se dio la vuelta, fijando los ojos brillantes en ella.

—El aquelarre, Abigail. No cometas su mismo error. El aquelarre te protegerá. El aquelarre es tu familia.

Madame Vex salió y cerró la puerta.

Abigail se dejó caer de espaldas, recordaba el horrible aliento del viken y aquellos colmillos terribles tan cerca de su garganta.

Necesitaba aire fresco. Se levantó, se vistió con cuidado, se colgó la esmeralda de mar con cuidado alrededor del cuello y se guardó dos objetos más en los bolsillos. Paseó por los caminos del jardín hasta que llegó hasta el bayespino. Pensaba en mil cosas a la vez mientras miraba las nubes. Conforme el sol se ponía, el cielo se fue oscureciendo y apareció una estrella. Estaba baja y tenía un brillo azul que le resultaba familiar.

—Hola, padre —susurró—. Ni siquiera te conozco, pero te echo de menos.

Trató de imaginarse lo que estaría haciendo él ahora. ¿Qué sentía una estrella?

—En el caso de Rigel, muchas cosas.

La voz calmada venía de una mujer que tenía al lado.

Vor.

Una vez más, la Diosa de la Sabiduría estaba sentada en la hierba, cogiendo margaritas en silencio. Las luciérnagas que volaban alrededor de su cabeza creaban una cálida aureola.

—¡Vor! —exclamó Abigail—. Me alegro tanto de verte. ¿Conociste a mi padre?

Vor se encogió delicadamente de hombros.

—Sabía de él. Era especial para Odín. Thor era el hijo favorito y Rigel, conocido entonces como Aurvandil, le fue de gran ayuda a Thor. Se ganó la gratitud de Odín.

Abigail volvió a mirar a la estrella.

—Me gustaría hablar con él.

—Las palabras que salen del corazón son muy poderosas. Incluso pueden alcanzar las estrellas. —Se quedó callada un momento. Cuando volvió a hablar, lo hizo en un susurro—: ¿Has pensado en la oferta de asilo que te ofrece Odín?

—Sí. —Abigail miró a los ojos blanquecinos de Vor, reuniendo valor—. ¿Cómo puedo saber que no me usará también como peón?

Vor sonrió, parecía complacida.

—Bien. Estás aprendiendo. La respuesta es que no lo puedes saber, por supuesto. Por eso la elección es tan difícil.

Abigail suspiró y tomó la decisión.

—No puedo irme. Lo siento. Soy una bruja Tarkana. Mi aquelarre tiene que ir primero.

Un destello de tristeza se asomó al rostro de Vor.

—Lo entiendo. —Se puso de pie, estirando las piernas con elegancia—. Eso significa que nuestro tiempo en común ha llegado a su fin.

—No te vayas. —Abigail se puso de pie rápidamente—. Hay tanto que no sé…

Vor le puso una mano en el hombro.

—Sé consciente, Abigail. Usaste magia oscura cuando enviaste a esas chicas al inframundo. Su poder crecerá en ti. Cuanto más lo uses, más te atraerá hacia ella.

Un viento frío sopló en el claro. La imagen de Vor comenzó a brillar y se deshizo en una nube de luciérnagas que se alejaron volando en la brisa.

Abigail volvió a mirar al cielo. La estrella azul continuaba brillando con fuerza.

—¿Qué voy a hacer, padre? Me dijiste que confiara en mi corazón. ¿Me he equivocado?

Oyó el rumor de las hojas y una baya roja le cayó en la cabeza. Levantó la vista y vio a Hugo, que sonreía entre las ramas. Se dejó caer a su lado.

—No pensé que estarías aquí —dijo—. ¿Estás bien?

—Solo un poco magullada. Melistra estaba allí, en el patio. Es la que me hizo caer.

—Lo sé. La vi. Mira. —Sacó su libreta y la abrió por la página en la que había copiado la nota de Fetch para Odín—. La oscuridad se alza. ¿Crees que se refiere a Melistra?

—Puede. Significaría que Odín está preocupado por lo que pueda hacer. —Se dio la vuelta para mirar la fortaleza.

¿Tal vez está preocupado por algo que yo pueda hacer?, se preguntó en silencio, al recordar que el libro de hechizos la había llamado bruja oscura.

—Tengo algo para ti —dijo y se giró hacia Hugo. Le entregó un medallón reluciente en una cadena de plata—. Este es para Emenor. Le he puesto un poco de magia cutre. Ya verás cuando lo use. Puede que sus deberes de matemáticas desaparezcan sin más.

Hugo sonrió.

—Gracias.

—Y este es para ti. —Le entregó un sencillo colgante hecho de ónix negro—. Creo que te gustará la magia que le he puesto.

Abrió los ojos desmesuradamente.

—¿De verdad? ¿Estás segura? No quiero que pienses que te utilizo.

—No lo pienso. Sé que te gusta la magia tanto como a mí. Úsalo y lo rellenaré siempre que lo necesites.

—¿Harías eso por mí?

—Pues claro. Somos amigos, ¿no?

—Los mejores.

Él le dio un rápido abrazo y, al instante, se apartó. Parecía avergonzado.

—Antes estabas hablando con tu padre, ¿verdad?

Ella asintió y alzó la mirada hacia la estrella azul.

—¿Crees que volverá algún día?

—Ya vino una vez. Puede que vuelva a venir. —Hugo observó el cielo—. Hasta entonces, no importa dónde estés o lo que hagas. Piensa que te cuida.

Abigail sonrió a su amigo. Eso le gustaba. Le gustaba mucho.

Epílogo

Endera llamó con los nudillos a la puerta de lo alto de la torre. Le temblaban tanto las rodillas que entrechocaban y temía que le salieran moratones.

—Adelante.

El corazón le dio un vuelco al oír la voz de su madre. Con manos temblorosas, giró el pomo.

Melistra estaba de pie frente a la chimenea, mirando las llamas.

—¿Madre? ¿Querías verme?

—Cierra la puerta.

Endera obedeció, dio dos pasos y entró en la sala.

—¿Tienes algo que decir? —Melistra se giró para mirar a su hija.

Endera agachó la cabeza.

—Lo siento. Nunca debí permitir que Abigail se hiciera con tu libro de hechizos. No volverá a pasar.

Esperó a que su madre la regañara, pero se quedó en silencio. La Gran Bruja se acercó y le levantó la barbilla. Tenía los ojos de un verde intenso.

—Eres mi hija, así que te perdonaré esta vez. Pero como vuelvas a decepcionarme, ya no me serás útil. ¿Te queda claro?

Endera se mordió el labio con fuerza para eliminar el temblor de su voz antes de contestar:

—Sí, madre, no te volveré a fallar. —Mientras su madre se alejaba, añadió—: Vi algo extraño.

Melistra se quedó totalmente quieta.

—¿El qué?

—Cuando Abigail usó su fuego de bruja en el inframundo. Durante un momento fue de color azul.

A Melistra le ardía la mirada. Juntó las manos con fuerza.

—Sabía que era la hija de Lissandra.

—¿Qué significa eso?

La respuesta de su madre fue enigmática.

—Significa que la Profecía de Rubicus ha empezado. Tenemos que actuar rápido si queremos cambiar el resultado.

Agarró a Endera por los hombros.

—De ahora en adelante, quiero que me informes de todo lo que haga esa brujiza mestiza. Me lo contarás a mí personalmente una vez a la semana y yo me aseguraré de que desarrolles tu magia al máximo. De un modo u otro, destruiremos a esa brujiza antes de que arruine al aquelarre.

Endera no pudo contener la sonrisa que ya asomaba.

¿Destruir a Abigail? Con mucho gusto.

FIN

Carta de la autora

Querido lector:

¡Espero que te haya gustado *La bruja azul*! Ha sido muy divertido hurgar en el pasado de mis personajes favoritos de *Leyendas de Orkney*. Me ha encantado averiguar más cosas sobre la madre de Sam Baron, Abigail, y cómo empezó en la Academia Tarkana para Brujas.

Como escritora, me encanta tener noticias de mis lectores y saber qué os ha parecido el libro: lo que os ha gustado, lo que os ha emocionado e, incluso, lo que no os ha gustado. Podéis escribirme al apartado de correos 1475 de Orange, California 92856 (Estados Unidos), o enviarme un correo electrónico a author@alaneadams.com. Echadle un vistazo a la página web www.alaneadams.com, donde podréis averiguar cómo empezar un club de lectura con la saga *Leyendas de Orkney* o cómo invitarme a vuestra escuela para que vaya a hablar sobre los libros.

Quiero agradecer a mi hijo Alex que me haya inspirado tanto a escribir estas historias y por tener fe en que las acabaría. A mi maravillosa editora, Jennifer Silva Redmond, ¡gracias por señalar mis numerosos fallos! A la increíble directora de la fundación, Lauri, un millón de gracias por tu disposición para hacer lecturas en voz alta conmigo una y otra vez. Y, por supuesto, un gran saludo al equipo de SparkPress por su constante apoyo. ¡Vamos, Sparkies!

Para más aventuras en las que Abigail y Hugo intentan averiguar más de su pasado, leed *La profecía de Rubicus,* disponible en otoño de 2019.

¡Por Orkney! ¡Que se cuenten sus leyendas muchos años más!

Alane Adams

Sobre la autora

ALANE ADAMS es escritora, profesora y gran defensora de la alfabetización. Es la autora de la saga de fantasía mitológica *Leyendas de Orkney* y *El ladrón de carbón*, *El ladrón de huevos* y *El ladrón de Santa Claus*, libros de ilustraciones para primeros lectores. Vive en el Sur de California.

Sobre SparkPress

SPARKPRESS es una editorial independiente multidisciplinar interesada en fusionar lo mejor del modelo de edición tradicional con las estrategias más nuevas e innovadoras. Distribuimos contenido de alta calidad, entretenido e interesante que mejora la vida de los lectores. Estamos orgullosos de lanzar al mercado muchos de los autores más vendidos según el *New York Times*, tanto los ya premiados como los debutantes, que representan una amplia gama de géneros, así como nuestra reputación establecida en el sector del libro por el éxito creativo y orientado a los resultados gracias a la colaboración con los autores. SparkPress, sello de BookSparks, forma parte de SparkPoing Studio LLC.

Para más información, visita GoSparkPress.com.